莫言中篇小说精品系列

你的行为使我们恐惧

浙江文艺出版社
Zhejiang Literature and Art Publishing House

目录

你的行为使我们恐惧 / 001

流水 / 085

扫帚星 / 137

师傅越来越幽默 / 199

你的行为使我们恐惧

一、那玩意儿是什么

我们齐集在你的门外,"老婆"拍打着门板,"羊"用小指抵着鼻孔,"黄头"斜倚着门框……你二十年前的同学,我们,站在你的门前呼叫着。

"骡子——驴骡子——吕乐之——开门——开门哟——"

但是你不开门,大名鼎鼎的"骡子"把自己关在屋子里,你一声不吭。你不想见我们。你以为我们是来羞辱你、嘲笑你吗?错了错了,你是我们的同学,我们就是你的兄弟,大家想来安慰你。你不响应我们的呼唤。你喷吐出的烟雾从门缝里钻出来,我们呼吸着那株悬在空中花盆里的月季花散发出的淡雅香气。我们心里都很凄凉。你把自己的那个玩意儿割掉了。听到这个消息，我们受到了沉重打击，就像把我们的头颅砍掉一样。我们无头的身体正戳在你的门前受苦受难。

二、"狼"的学生

那时候我们每个人都有诨名。

二十年过去了，古老的吕家祠堂改造成的小学校已经东倒西歪，黑色的房瓦上积满麻雀和鸡的粪便，一根锈得通红的铁烟囱从房顶上歪歪扭扭地钻出来。这曾经冒过一个月烟。"大金牙"在发展村办工业的浪潮中从银行贷款五万元把曾经是我们校舍的吕家祠堂改造成了一家生产特效避孕药的工厂。工厂早已倒闭，负债累累的"大金牙"逃得无影无踪，工厂也被愤怒的乡亲们捣得破破烂烂。现在祠堂里有许多破缸烂盆和涂满瓦片与墙壁的绿色的糊状物，一年到头散发着怪异的恶臭。只有那烟囱还可怜地在房顶上戳着，它是"大金牙"发展村办工业的纪念塔，是同学们共同的耻辱柱。"老婆"家的鸡每天都飞到房顶上去，翘着屁股往我们的耻辱柱上涂一种东西。你沉思着，望着烟囱旁边的鸡。我们并不知道你在想什么。你穿着那么漂亮的西服，那么亮的皮鞋，在两年前的一个日子里，站在我们的母校的废墟里。"大金牙"把母校糟蹋成这模样真令我们难堪，这里曾走出去一个著名民歌演唱家，他的声音在全世界回响，使我们感到骄傲。

"骡子——骡子——"我们拍打着你的门板，但著名的民歌演唱家躲在房子里不出来。

现在，小学校迁到了镇政府后边去了。那是一个四四方方的大院，有八间一排总共六排瓦房，一色的红砖红瓦，大开扇玻璃门窗，房梁上吊着电灯泡，晚上雪白一片光亮，好像天堂一样。"耗子"的儿子们、"黄头"的女儿、"大金牙"的儿子、"老婆"的儿子……我们的孩子们在天堂里念书，没有你的孩子，也没有"小蟹子"的孩子，这是永远的缺憾。你为什么要把制造孩子的玩意儿切掉？我们敲打着你的门板，考虑着这可怕问题，你不出来见我们，更不回答。

"小蟹子"是我们的"班花"，叫"校花"也行。她住进了精神病院，她曾经是你的上帝，你的上帝精神错乱，我们想流眼泪，但眼睛枯涩。你说你抱着一大捆鲜花去医院看过她，我们不知真假。这些年有关你的传闻实在是太多太多了。你的风流故事像你的歌声一样，几乎敲穿了我们的耳膜。你还能记得并去看望往昔的小恋人吗?我们无法知道真相,但我们牢记着你追逐"小蟹子"时表现出来的疯狂。

"小蟹子"家住在劳改农场干部宿舍区里。她的家离我们的校舍八里路。究竟有多少次我们看到你驱赶着你家那两只绵羊沿着墨水河蜿蜒如龙的堤坝向劳改农场干部宿舍区飞跑?在夏日的下午放学后的五分钟。你家距吕家祠堂足有半里路,我的天,你真如骡子般善跑。倒霉的是那两只绵羊。河堤两边生满了油汪汪的绿草和星星般的紫豌豆花。野豌豆花以它的颜色点缀了你的初恋。所以,当我们从收音机里听到你用迷人的嗓子唱《野豌豆花》时,我们丝毫没感到惊讶,我们被你的歌拉回少年,那毕竟是一个多梦的黄金时代。那两只羊倒了大霉,最终成了你初恋的牺牲。

夏日天长,下午放学后太阳还相当高地挂在西南方向的天空,离黄昏还有三竿子。在下课铃敲响前二十分钟,你就烦躁不安起来;烦躁不安通过你扭屁股、摇脖子、头皮上流汗等一系列行为和现象表现出来。你的座位在我的前面,"小蟹子"的座位在你的前面。我密切地关注着你的变化,你密切地关注着"小蟹子"的一切。有一次我在你背上画了一只乌龟,你伸长脖子偷嗅着她辫子上的味道。你和她全都不知身后发生了什么。乌龟伸头探脑，辫子香气扑鼻吗？

我们给班主任起的诨名是"犸虎"，"黄头"说他爷爷说犸虎就是狼，于是我们的班主任就成了"狼"。听说你出了名后去看过"狼"，"狼"可是人的仇敌呀，也许是真的，按照一般的规律，少年仇，长大忘，老师毕竟是老师。

"狼"发出下课的口令后，你总是第一个胡乱地把书本塞进书包，第一个弓起腰，像弓一样，像扑鼠的猫一样。你比任何人都焦急地注视着"狼"慢吞吞地踱出教室。待到"狼"的身影消失在门外时，我们看到你抓起书包，像箭一般地射出教室。当我们也跑出教室时，你已经跑到了"油葫芦"家的院子外，正弯着腰钻那道墨绿色的、生满了硬刺的臭杞树篱笆。

钻过臭杞树篱笆，你少跑了五十米路，节约了十秒钟。然后你脚不点地蹿过牛医生家的菜园子，不惜踩坏菜苗，被牛家的黑狗追着翻过土墙，扒得墙头土落，跌到袁家胡同里。这时你无捷径可抄，不得不沿着胡同往北飞跑，惊吓得胡同里的鸡咯咯叫。你穿越第二生产队饲养棚前的空场，踩着牛粪和马粪，钻进方家胡同，你飞跑，跳过四米宽的围子沟，从紫穗槐里钻出来，冲进第一生产队的打谷场,绕过一个麦草垛,贴着劳改犯中能人们帮助设计修建的大粮仓的墙根,最后一蹿,"骡子"就放下书包站在自家院子里解开拴绵羊的麻缰绳了。

你的年过八十的老奶奶坐在杏树下的蒲团上,半闭着眼睛念着咒语,对你的行为不闻不问。那两只倒霉的绵羊一公一母,本来是兄妹,后来成了夫妻。它们的细卷儿毛每到夏天必被"骡子"的娘和姐姐用剪刀剪光。可怜的羊被捆住四蹄,放倒在地上,听凭着那两个女人拾掇,咔哧咔哧咔哧,一片片羊毛从羊身上滚下来,显得那么轻松。羊也许是因为舒适哼哧着。它忽然扭动起来,你姐姐下剪太深,剪去了羊身上一块肉。你怎么这样手下没数?你娘训斥你姐姐,你姐姐不服气地嘟哝着:谁也不是故意的。——不是故意的就有了理?——我没说有理,我是说不是故意的!——你存心要气死我!——你还要气死我呢!娘把剪刀摔在地上,气愤地站起来。姐姐也毫不示弱地摔掉剪刀,正摔在娘的剪刀上,两把剪刀相撞击,自然发出了钢铁的声音。

"两个女人爱一个男人,像两把剪刀剪一只羊的毛,千万千万别让她们碰在一起……"你的歌声伴随着电流的沙沙声,层层叠叠地从收音机里涌出来。我们看不到你的脸和你的嘴,但我们闻到了你身上那股子公绵羊的膻气。月光如银,从苹果花的缝隙里漏出来,照耀着我们脸上会意的微笑,使开办避孕药制造厂之前的"大金牙"嘴里的铜牙闪烁着柔和而温暖的金色光芒,又细又微弱。

"女人的敌人是女人,母和女也不行……"他唱道。

你的歌声让我们看到你娘和你姐姐的斗争。在前边那个剪羊毛的下午里,你焦急地站在旁边看着娘和姐姐剪羊毛,另一只被剪光了毛的羊站在你旁边看着躺在地上的同伴和自己身上被剪下的肮脏的毛。它们在一般的诗歌里应该像一团团雪白的云,但实际上却像被狗尿浇过的烂毡片一样。娘和姐姐继续吵着,四只眼睛都往外凸,两条红舌灵活得如同蜡烛的火苗。你看到那些细小的银星星般的唾沫在阳光里优美地飞行着,令我们入了迷。你听到娘和姐姐嗓音那么洪亮和婉转,宛若最迷人的歌声,令我们也神往。我们认为,你后来的成功最大地得力于聆听娘和姐姐的吵架。

"他娘和他姐姐骂起人来都像唱歌一样,他唱歌不好听才是活见了鬼!""黄头"转动黄色的眼球,用非常权威的口气评论着。我们默默不语,等于同意了"黄头"的看法。那天晚上满天游走着大团的乌云,使我们产生星星和月亮在飞快滑行的错觉。错误有时比真理更美丽,我们不愿纠正。我们还说起了在县音像服务公司专卖盒式磁带的"小蟹子"和她丈夫"鹭鸶"闹离婚的事。"鹭鸶"也是我们的同学。他是你的情敌,在绵羊倒霉的时光里。

那只被剪光了毛的羊是公羊,自然,躺在地上正被剪毛的羊是母羊。姐姐的剪刀在它身上弄出的伤口不停地流着一种液体,染红了它的肚皮和它的毛。它"咩咩"地叫着,好像向你求爱一样,理解为向你求救也完全可以。羊的叫声是凄凉民歌的源泉之一,你后来那般辉煌,应该有羊的一份功劳。我们的同学里有一位诨号叫"羊"的。他没有羊的歌喉没有羊的温柔没有羊的气味,但我们不按规律办事硬要叫他"羊","羊"无可奈何,被叫了一辈子"羊"。"羊"今天下午死啦,头朝下脚朝上,上不着天下不着地,倒悬在狭窄的废机井里,眼珠子像勒死的耗子一样凸出来,鼻孔里耳朵里都凝结着黑血。他死得真惨。"还有更惨的呢!只是没被你们看到。""大金牙"的八叔面带不善之意在一旁说。这老东西早年干过还乡团,创造发明过一百零八种杀人方法,令人头皮发麻。我的天呐,看来我们这一班同学们都不会有好下场。本来你已成了人上之人，但你把自己那传宗接代的玩意儿切下来了。"小蟹子"发了疯，"大金牙"负债逃窜，"羊"自寻了短见……你的同学们战战兢兢。

那只可怜的母羊的眼睛是天蓝色的。你在广播电台歌唱过生着天蓝色眼睛的美丽姑娘，那姑娘曾使我们每一个人想入非非。她是我们少年时期集体的恋人，固然大家都知道"小蟹子"的眼睛一般情况下呈现出的是一种草绿色，像解放军的褂子的颜色，但我们都知道你歌唱的是她。想起她你加倍焦急起来，便不去管顾继续用美妙的歌喉吵架的娘和姐姐，悄悄地蹲下。一个十三岁的男孩子，他的大名吕乐之诨名"驴骡子"，他就是你。你匆匆忙忙地解着捆绑羊腿的麻绳子，绳子渍了羊血，又黏又滑，非常难解。你正要用剪刀去剪断绳子，娘在你身后发出一声响亮的怒吼："你要作死，小杂种！"

你还是非常尊重母亲的，固然她并非良母，但你还是尊重她。当你压抑着满腹的疯狂向娘解释必须立即去放羊之后，娘便悠然入室，端出一个铁皮盒子，来到羊前揭开盒盖，倒出干石灰，为羊敷伤口。干石灰是农家用来消炎止血的良药，它刺鼻的气味唤起我们很多回忆。"黄头"的头被第三生产队那匹尖嘴黑叫驴啃破之后，用半公斤干石灰止住了血，石灰和血凝成坚硬的痂，像钢盔一样箍在他的头上足足一年。娘为羊敷伤口的过程中并不忘记用歌喉骂人，姐姐却打开门扬长而去，她从此再没有回来。

你终于把两只羊赶到大街上，羊不能跳墙，所以你必须赶着羊跑大街。多少年过去了，老吕家的儿子放学后鞭打着两只绵羊沿着大街向东飞跑的情景，村里的人们还记忆犹新。那是幸福的年代的爱情的季节，懒洋洋的社员跟随队长到田野里去干活，好像一个犯人头目领着一群劳改犯。奇怪的是距我们村庄八里远的劳改农场里的劳改犯去上工时，倒很像我们观念中的人民公社社员。骆驼的故乡在沙漠里，但是它竟被卖到我们这雨水充沛、气候温暖、美丽的河流有三条曲弯交叉着、植物繁多、野花如云铺满每一块草地、草地里有无数鸟儿和蚂蚱水蛇等动物的高密东北乡里来，干起了黄牛的活儿。这是个误会也是个奇迹。看骆驼去！

看骆驼去！头上箍着石灰和血凝结成的硬壳的"黄头"在教室里高呼着。我们一窝蜂蹿出来。第一生产队买回来一匹骆驼。自从盘古开天地，三皇五帝到如今，高密东北乡还没来过骆驼。省委书记到了我们村也不会令我们那般兴奋。

那是一匹公骆驼。

去，去看骆驼——去去，去看骆驼——村里来了一匹大骆驼——拴在拴马桩上——骆驼说我难过——我感冒了，它哭着说。

这个狗娘养的简直是个天才！什么东西也能编到他的歌里去，这个混蛋。——我们骂你是因为我们爱你，世上没有无缘无故的爱，我们一起去看过骆驼，你、我、"羊""大金牙""黄头""小蟹子"……我们向第一生产队的饲养棚飞跑，好像一群被狼追赶的兔子。"骡子"跑得最快，"小蟹子"跑得最慢。

远远地就望见骆驼高昂着的头颅了，周围有一群人遮掩住骆驼的大部分身体。我们从大人们的缝隙里挤进里圈，大家额头上都汪着汗，一眼就看见"黄头"的八叔名叫八老万者，站在骆驼旁边口吐白沫指手画脚地讲解着骆驼的习性并极力渲染着购买骆驼的艰难历程。

我们的同学"黄头"不时瞥我们一眼，好像骆驼就是他的爹一样。我们知道他那点鬼心思，他无非是在想：骆驼是我们第一生产队的！买回骆驼的人是我八叔八老万！他叔叔八老万是生产队的保管员，一个专舔支书屁眼儿的狗杂种。他有什么神气的。骆驼眯缝着眼，眼里噙着泪；骆驼嚼咬着嘴，嘴角吐着白沫。八老万说：我一眼就看中这家伙，只值头牛钱，个头却有两头牛大。那些蒙古老头儿说骆驼比牛马都要强，能吃苦，能耐苦，瞧这两个峰——他踮着脚拍着驼峰说——这里边全是板油，像女人奶子一样，十天半个月不吃不喝也饿不死它，它慢慢地消化着这里的板油呢——这峰通着肠胃吗？有人问——是的，一个通着肠子，一个通着胃，你要是不喂它草料，那板油就顺着峰底下两个细眼儿，滋溜滋溜地往肠胃里流，像钻泥的蚰蟮一样。八老万说：这一趟内蒙可把我给累熊了，从出了娘肚那天起，还是头一遭受这样的罪……人群忽然恭敬地裂开一条缝，一股股的凉风扎着我们的背，地球咚咚地响着，党支部书记腆着大肚子来了。刘大肚子高声打着哈哈：哈哈！哈哈！哈哈！八老万你这个狗杂种，干的好事！——我们眼见着八老万的头皮就冒出了汗球。他满脸堆着笑说：刘书记，来不及请示您啦，这便宜货，硬让我给抢回来啦——便宜没好货，好货不便宜。刘书记说。八老万又是一番神说，刘书记才骂他：杂种，怕是什么也不能干——能能能，太能了，拉车、耕田、驮东西，样样能，还能让您骑上去呢！那蒙古老头儿对我说，他们自治区的党委书记进京开全国大会都是骑骆驼去——刘书记斜着眼,打量着那两柱充斥着板油的驼峰,说:大概会很舒坦,这货,两个肉瘤子把人一夹,保险掉不下来。

从此我们就经常看到肥刘书记骑着骆驼在村庄的每个角落转悠了。这骆驼到底是个有福的,它仅仅拉过一次犁,就是母羊被剪伤的那天,它拖着铁犁在街上发了疯。扶犁的是个戴帽的右派,北京体育学院赛跑系的优秀生,因为攻击毛泽东主席没有胡子,被赶回了他的故乡我们的太平庄,他曾经是我们太平庄的骄傲。骆驼一上大街就疯了,它的脖子上套着马的挽具,显得不伦不类,让我们耳目一新,小小的铁步犁拖在它身后像个玩具一样。没人敢扶这骆驼犁,贫下中农老大爷们都贪生怕死,只好让戴帽右派出风头。骆驼犁田简直是我们村的一次隆重典礼,所有的人都来看,看那右派怎样巧妙地把挽具给骆驼套上,看骆驼怎样半闭着眼睛装糊涂。

一上大街骆驼就疯了。它先是大踏步前进,然后蹦了一个高儿,因为王干巴家那只小癞皮狗冲着它一阵狂吠。骆驼在街上飞跑着,高扬着它永远高扬着的脖子。我们谁也记不清楚了:那天它飞跑时蛇一样的细尾巴是像尖棍子一样直直地伸着呢,还是紧紧地夹在屁股沟里。铁步犁的犁尖豁起尘土,烟土腾起,宛若一连串不断膨胀着的灌木，那情景千载难逢，真让人感动。赛跑系的右派紧紧地攥着犁把子不松手，也只有他跟得上骆驼的速度。那满街的尘烟好久才散。刘书记踢了面色灰黄的八老万一脚，骂道：犁田，犁你娘的腔！

不久骆驼就成了刘书记的坐骑了。它两峰之间搭着一条大红绸子被面，脖子下面挂着一簇铜铃，它的威风将逐渐呈现出来。

刘书记问八老万骆驼是公还是母，八老万说是公的。这时我们的班主任"狼"来了。

"狼"伸长脖子，研究着骆驼的脖子。他本来是来抓我们回教室上课的，但一见骆驼他也入了迷，如果对动物不入迷，就不是纯粹的高密东北乡人。

你为什么不买匹母的？你这个糊涂虫！刘书记批评八老万。八老万诺诺连声。买匹母的可以让它生小骆驼，刘书记说。那也要用公骆驼配呀！

让它配母驴、母马、母牛！你用你们家祖传的高嗓门高喊起来。他们先是愣愣，接着便哈哈地笑起来。

这是谁家的小杂种？刘书记高兴地说，真他娘天生的科学家，可以试试嘛！看能生出什么来。

这时，骆驼把头一低，从嘴里喷出一些黏稠的草浆，臭烘烘地弄了"狼"一脸。"狼"发了怒，把我们轰回了教室。

在你赶羊跑街的过程中,最倒霉的是两只绵羊。它们倒了很多次霉,数这次倒得最严重:公羊光秃秃的一身灰皮,被剪了毛的公羊显得头特别大。母羊半边身子光秃秃、血糊糊,半边身子披散着肮脏的长毛,走起路来似乎偏沉,随时都会向有毛的那边歪倒。你高举着皮鞭毫不留情地抽打着这两只倒霉的绵羊的脊梁。一是因为被母亲和姐姐的吵架耽误了一些时间,你心情特别焦急,所以使用鞭子比往常的下午要频繁;二是羊因为剪了毛浑身轻松,负荷减轻;三是因为绵羊没了毛,那鞭子抽到背上要比往常有毛时疼痛加剧无数倍。所以,那天下午你和你的两只绵羊几乎像三颗流星一样滑出了大街。你和羊的身后自然也拖着一道三合一的黄烟。

你和绵羊出现在被野豌豆花装扮得美丽无比的墨水河大堤上时,西边的太阳流出苍老的金黄色来,河水自然也被金黄感染,生成幽深的玫瑰红,青蛙因为鸣叫而鼓起的两个气泡在两腮后多么像两个淡紫色的小气球。这些在你的歌里都有反映。你的记性真不错,还能记得那么多种野草的名字和它们的颜色:碧绿的"掐不齐"、灰绿的"猫耳朵"、暗红的"酸麻酒"、金黄的"西瓜头"……河的两边辽远地伸展出去的肥沃土地上波动着稼禾的绿浪，蓬勃生长着的绿色植物分泌出来的混合味道使你醺醺欲醉，这自然也是我们的感觉。

也许因为羊儿被剪了毛，往常的潇洒没有了。你今天无论如何也浪漫不起来。羊的光背上鞭痕累累，显示出爱情的残酷无情，这还是少年初恋呢！那匹老公羊还能勉强行走，那匹半边有毛的母羊走得歪歪斜斜，随时都有可能滚到墨水河中去。但是你仍然毫不留情地抽打着它们。

绵羊们的真正仇敌应该是扎着一对小辫子的"小蟹子"。她长着两条小短腿，跑起来宛若一匹灵活的小哈巴狗。她最迷人的部位是两只眼，那两只眼会随着光线的强弱改变颜色。所以，我们知道你在都市灯火辉煌的大舞台上歌唱着的那些蓝眼黑眼金眼紫眼青眼……戳穿了都是"小蟹子"的眼。现在我们回想起"小蟹子"能在漆黑的夜里写日记的优秀表演，就自然地把"特异功能者"的帽子扣在了她的头上。当玫瑰色阳光照耀墨水河的时候，它们呈现出了什么样的光彩？这个问题在你的所有的磁带和唱片里我们都没找到答案。但我们知道，你注视过在那特定时刻里的"小蟹子"的眼，你的心里有一幅迄今为止最完整的"蟹眼变化图"。

"小蟹子"的嘴天生咕嘟着，用美好的话来形容：

它像一颗鲜红的山楂果儿；用恶心的话来形容：它像一朵鲜花的骨朵儿。二者必居其一。

与我们同学的第二年春天，棉衣被单衣代替之后，我们便不约而同地发现，"蟹子"的胸脯上鼓起了两个鸡蛋那般大的瘤子。我们当中连弱智的"老婆"都知道那俩东西不是瘤子而是两个好宝贝。从此之后，"蟹子"的胸脯上便印满了男孩们的眼光。后来，我们都产生了摸一下那俩宝贝的美好愿望。它们长得真快呀，像两只天天喂豆饼、麸皮、新鲜野菜的小白兔一样。我们都把这很流氓的念头深深埋藏在心窝里，没有人敢付诸实践。据说你，也只有你才敢在它们处于鸡蛋和鸭蛋之间时摸过了其中一个。当时我们都认为你非常流氓，都恨不得把你那只流氓的狗爪子剁下来送给"狼"。后来，当它们像八磅的铅球那般大时，"鹭鸶"这兔崽子每晚都摸着它们睡觉。铅球变成足球时"鹭鸶"跟她闹起离婚来了。这幅"蟹乳变化图"你心里有吗？

绵羊的喘气声早就像哨子一样了。堤上的紫花绿草它们不能吃，河里的腥甜清水它们不能喝，你的鞭子啪啪地狠狠地打在它们身上，它们只能跑，它们不敢不跑。谁也不愿做一只小羊让你用鞭梢抽打脊梁。其次，从你迷上"小蟹子"时这两只羊就被判处了死刑。

昨天这时候,你和羊已经尾随在"蟹子"背后,羊吃草,你唱民歌,用你那尖上拔尖的歌喉。合辙押韵的歌儿像温暖的花生油一样从你的嘴里流出来,把墨水河都快灌满了。"蟹子"有时回头看着你,轻媚一笑,简直流氓!有时她倒退着看你,脸上红光闪闪,眼里两朵向日葵。"鹭鸶"对"狼"说你们简直流氓到无以复加的程度了。

河边的水草中,立着两只红头顶的仙鹤,还有一群用绿嘴巴在浅水中呱呱唧唧找小鱼吃的鹭鸶。那两只鹤却是挺直了脖子,傲慢地望着微微泛紫的万顷蓝天,一动也不动。昨天绵羊还有毛,基本上是白色,它们吃着草走在河堤上,听着你唱歌,让你的鞭梢轻轻地抽打着它们的脊梁,应该说一切都不错。今天,"蟹子"在五里外,看上去像个彩色小皮球儿。这是羊们倒霉的最直接原因。从吕家祠堂到"蟹子"的家只有八里路,跑吧,"骡子"!

在七里半处发生了这样的事:

公羊把四条腿儿一罗圈瘫在了地上。母羊因为那半边毛儿的重量滚到河里去了。你忘了羊,提着鞭子,喘着粗气,直盯着"蟹子"看。

"哎哟,吕乐之,你家的羊掉到河里啦!"

你四下里看看，向前走两步，伸手摸了一下"蟹子"胸前的那东西，同时你说："咱俩……做两口子吧……"你自己在歌里告诉我们：那一瞬间你感到浑身发冷，上下牙止不住地碰撞。你的心像鸡啄米一样迅速地跳着。你说她那坨硬硬的、凉凉的肉像一块烧黑的铁一样烫伤了你的指尖。

"蟹子"非常麻利地扇了你一个耳光，骂了你一声："流氓！"

你基本上是个死尸。残存的感觉告诉你，"蟹子"捂着脸哭着跑走了。劳改农场干部宿舍区里那些瓦房和树木，在夕阳里像被涂了层黏稠的血。

夏天的每个下午几乎都一样：强烈的阳光蒸发着水沟里的雨水，杨树的叶子上仿佛涂着一层油，蝉在树叶上鸣。黑洞洞的祠堂里洋溢着潮气，有一股湿烂木头的朽味从我们使用的桌子和板凳上发出。屋子里还应该有强烈的汗味、脚臭味，但我们闻不到。

我们的"狼"哈着腰走进教室，他的身体又细又长，脖子异常苗条，双腿呈长方形，常在幽暗里放出碧绿的磷光。他的磷光使我们恐惧，更使我们恐惧的是他那支百发百中的弹弓。"狼"是神弹弓手。

"狼"站在高高的土讲台上,像一棵黑色的树,像一股凝固的黑烟,把泛白的黑板一遮为二。有时候我们能看到"狼"的白牙闪烁寒光。我们总认为"狼"在明处我们在暗处,任我们在底下搞什么鬼名堂他都看不到,但事实上我们每次恶作剧都难以逃脱惩罚。只有他——我们的领袖"马骡子"能偶尔逃脱惩罚。"狼"用百发百中的弹弓惩罚我们。"狼"的面前有一个碎砖头垒成的案台,案台上摆着俩纸盒,一个盒里盛着粉笔,另一个盒里盛着泥球。像葡萄粒儿那般大小那般圆滑的泥球,"狼"取之不尽用之不竭,我们不相信"狼"肯亲自动手去精心制造这些打人的泥丸。虽然我们的年龄都在十三岁与十五岁之间,但也知道"狼"的第一职业是到祠堂后边那栋草房里去跟浪得可怕的马金莲睡觉,第二职业才是教我们念书。"狼"没有时间更没有精力去搓泥球儿。我们之中,必有一个叛徒,他不仅为"狼"提供打我们的泥球,而且,极有可能他还向"狼"密告我们的一切违法行为。要不为什么我们星期日下午偷袭生产队的西瓜地,星期一上午"狼"就用弹弓发射泥丸打击我们的头颅呢?我们偷了几个西瓜,在什么地方吃掉,西瓜中有几个熟的,"狼"全知道。

　　"狼"进教室前总是先咳嗽一声。一听到"狼"的咳嗽声我们就像听到号令的士兵一样乱纷纷蹿回到自己的座位，好一阵噼里啪啦响。那一年"小蟹子"是班长——"狼"喜欢女生——她喊：起立——我们稀里哗啦起来。走上讲台，站在讲台上"狼"又咳嗽一声。"小蟹子"接着他的咳嗽声喊：坐下——我们稀汤薄泥般坐下。就在坐下的工夫，我看到"骡子"扯了一下"蟹子"的辫子——这当然是累死羊之前的事。"狼"摸出弹弓放在案台上，然后从腋下抽出课本，啪啪啪抽几下，好像要抽打掉其实没有的灰尘。

那支弹弓是我们的仇敌。它的柄是从柳树上截下来的标准的Y形木杈。用碎玻璃刮去皮，用碎砂纸打磨光滑，再涂上一层杏黄色的清油。两根弹性很好的橡皮条是从报废的人力车内胎上剪下来的。柔韧的猴皮筋把橡皮条、弹兜、Y型木杈紧密地联系在一起。它每节课都静静地蹲在案台上，比"狼"还要可怕地监视着我们。我们曾在茂密的高粱地里精心制定过偷窃它的计划。

足智多谋的"耗子"说："同学们，我们一定要想办法偷来它，毁掉它，毁掉它就等于敲掉了'狼'的牙齿。"

"放到火里烧了它！"

"用菜刀剁碎它!"

"把它扔进厕所,用尿滋!"

……

我们努力发泄着对"狼"的牙齿的深仇大恨。在那个现在回想起来妙趣横生的年代里,我们感受到一种非人的压迫,这压迫并不仅仅来自"狼"。

我们还是"熊"的学生。

"狐狸"也是我们的老师。

还有"豪猪"。

我看到"狼"用长长的手指翻起语文课本,他狡猾地说:"今天学习《半夜鸡叫》。"

"狼"的脸永恒地挂着令我们小便失禁的狡猾表情。大家都说过,二十多年来,"狼"那狡猾表情经常进入我们的梦境,印象比当年还要鲜明。"狼"说:"《半夜鸡叫》是一部小说的节选。这篇课文揭露了地主阶级对农民的残酷剥削,歌颂了农民阶级的智慧……"这时,"老婆"把脸放在课桌上打起了呼噜。

"狼"脸上的表情突然十分生动起来,他把课本轻轻地放在案台上,右手摸起了弹弓,左手从纸盒摸出一颗泥丸。

我说过"狼"是神弹弓手,他打弹弓从不瞄准。他拉开弹弓，教室里很静，我们看到皮条被拉长了，皮条被拉得很长，我们的身体却缩得很短很短。皮条上积蓄了一股力量，我们听到一只孤独的苍蝇在头上嗡嗡地鸣叫着飞行，它把凝固的空气划开一道道缝隙。教室里的空气宛若黏稠的蜂蜜，透明又混沌，缓缓地转动着，像一块方糕。我们甜蜜地战栗着，在战栗中等待着。在"狼"的弹弓下，每一颗头颅都不安全。为了让我们看得更清楚，一缕雪白的阳光穿透蜂蜜，照耀着"老婆"的头脸，"老婆"的头上不时滑过被光线放大了的苍蝇的阴影。他歪了一下头，被我们看到挤扁了的腮，挤裂了缝的嘴，嘴唇蜷曲着，露出细小的白牙，一丝冰凌般的垂涎把他的嘴角和桌面联系在一起，苍蝇的阴影飞进他的嘴里，他闭上嘴，苍蝇的阴影粘在他的鼻子上。他打着很不均匀的呼噜。该发射了，"狼"，别折磨我们了。

固然我们对弹子击中皮肉时发出的响声已经很熟悉，但依然感到紧张。我们都成了被"狼"的胳膊抻长的橡皮条，他把我们抻长抻长无穷地抻长，紧张紧张紧张得够呛，紧张随着抻长增长。终于，一声呼啸，弹丸打在"老婆"的脑袋上。

我们立刻松懈了，懒洋洋地，教室里回旋着我们悠长的吐气声，蜂蜜般的空气开始稀薄并因为稀薄而流动。倒霉的冠军是"老婆"。他的头发里非常迅速地鼓起了一个核桃大的肿块，细细的血丝渗出来，即使看不到我们也知道。

"老婆"从板凳上蹦起来，捂着头上的肿块哭起来。

"你还好意思哭！""狼"又拉起了弹弓，"老婆"叫了一声娘，捂着头钻到桌子底下去了。

"狼"一松臂，飕飕一声，把那只庞大的苍蝇打落在"小蟹子"的课桌上。在这样神射手面前，我们的头颅如何能安全？

"狼"提着一根腊木杆刮削成的坚韧教鞭走下讲台。教鞭是"狼"的第二件法宝，他挥舞着它，像骑兵挥舞马刀，空气嗖嗖急响，我们脊背冰凉。是谁帮助"狼"刮削了这件凶器？"狼"的空闲时间全部消磨在那个女人身上，是谁选择了这种弹性最好、打人最疼的腊木杆为"狼"制成了教鞭，为"狼"增添了利爪？难道那弹弓还不够我们消受的吗？一定还是那个暗藏在我们队伍里的内奸。我们决定，揪出这个内奸后，决不心慈手软。

"我知道他是谁！"诡计多端的"耗子"眨巴着小

眼睛说。

你立即逼住"耗子",用你那压低了的美丽歌喉问:"他是谁?!你说!"

"耗子"支支吾吾,眼睛里跳跃着恐怖的光点,"耗子"不敢说。

你举起你的鞭子——我们星期天一早去田野割青草时,你的腰里一定别着那支皮鞭子,不管绵羊在不在身边。"耗子"说:"我不知道他是谁……我是说着玩的……"

你把鞭子往下一挥,把一棵玉米一侧的四个大叶片抽断落地,简直像一把刀。要是"狼"的腰里有朝一日也挂上"骡子"式的皮鞭,我们就没有活路了。

"知道你是瞎猜!""骡子"把鞭子挂在腰上,淡淡地说,"我们不能冤枉一个好人,也不能放掉一个坏人。"那时候村里开始了清查阶级敌人的运动,社会形势紧张,我们经常听到东边的劳改农场里响起枪毙阶级敌人的枪声。

你比我们早熟,所以你去追赶"小蟹子",我们不去。你个子比我们大,皮肤比我们白,一块跳进墨水河游泳时,我们羞耻地发现你的那儿生长出毛儿。

"狼"提着教鞭在桌椅板凳间穿行着。有时他穿着浆洗得雪白的硬领衬衣，衬衣的白颜色刺着我们昏暗中的眼睛。"狼"身上有一股十分令我们不愉快的香肥皂的味道。我们厌恶他的卫生，他可能更加厌恶我们的脏，所以他的身体触近"蟹子"的时候，你很有所谓。"狼"伸长脖子对"蟹子"进行个别辅导时，你便把桌子摇得嘎吱吱响，或是夸张地咳嗽。"狼"抬起头，警惕地看着你。突然，"狼"的教鞭抽在你的背上。你站起来。"狼"怒吼。

"滚出去！"

你却坐下了。

所以，没有人怀疑为"狼"制造教鞭的是你。谁敢跟"狼"作对谁就是我们的领袖，谁挨了"狼"的鞭打不哭不闹谁就是英雄。

上《半夜鸡叫》那天，"狼"读到地主被长工们痛打那一节，我们欢呼起来，"狼"得意洋洋，以为是他出色的朗读感动了我们，这个蠢狼。

我们的欢呼声把"狐狸"惊动了。"狐狸"是我们的教导主任，有时给我们上政治课，讲一些战斗故事什么的。"狐狸"比"狼"还坏，"狐狸"给你记过处分，因为你自编自唱反革命歌曲。文化大革命中，我们把"狐狸"打回了老家，听说去年秋天他掉到井里淹死了。他不死也该六十岁了吧。

"熊"是我们的校长,"豪猪"是"熊"的老婆,我们不去想他们啦。"骡子"!"骡子"!你开门呀,老同学们想跟你喝几瓶烧酒呀。

你把自己关在房子里,不作声,更不开门。

三、辉煌的"骡子"

重复地描写在"狼"的白色恐怖和高压政策下的生活,并不是愉快的事情。但你逼迫我们回忆,这大概就是伟大人物和平庸百姓的区别吧,这大概就是天才与庸才的区别吧。不是你亲自逼我们回忆,是你的力量转移到他人身上,他人来逼我们回忆。

《艺术报》的女记者把她的名片一一分发给我们,然后就打开了她那架照相机,啪啪地拍照着我们。你看你看,秃子跟着月亮走,总是光好沾,是不是,否则她才不会用她的胶卷为我们照相。她有张很长的脸,鼻梁也显得特别长,双眼很大,起码有四层眼皮。用咱庄稼人的眼光来看,这姑娘是个优良品种,如果她再嫁个四层眼皮的丈夫,生出个孩子难道不会有八层眼皮?我们坐在"耗子"家的粉条作坊里,抽着那善心的女记者分给我们的带把儿的美国烟,接受她的采访。这是前年秋天的事儿,跟我们第一次看到你那已经很不小的玩意儿根根上生了毛儿是一个季节。

高粱通红,一片连一片,在墨水河的南岸;棉花雪白,一片连一片,在墨水河的北岸。我们的镰刀和草筐子扔在河堤上,衣服扔在草筐子上。赤裸裸一群男孩子站在河边的浅水里,那就是我们。其中一个最高最白的就是你。那时候鬼都想不到你将来是个跳到河里救小孩的英雄。你的嗓门儿不错我们知道。女记者告诉我们:"对。'骡子',这名字很亲切,我可以这样写吗?他少年时的朋友们都亲切地叫他'骡子'。他的同班同学们都自豪地说:我们的'骡子'。""你愿意怎么写就怎么写吧,谁管。"老了更机灵的"耗子"眨巴着眼说:"这大姐,我们的'骡子'真是匹好骡子。""耗子"谄媚地笑着,那被红薯淀粉弄得黏糊糊的手指却悄悄地伸向了女记者放在土炕上的烟盒。

"碗得福儿!啊欧吃米也五欧!"女记者嘟噜了几句洋文。

真了不起!长着四层眼皮就够份了,还会说洋文,我们真开了眼。大家互相看着,又看女记者。我们的"骡子"竟能支使着这样的高级女人到咱东北乡这偏僻地方来为他写家谱，真替我们添了威风。

那女记者慷慨大方又一次散烟给我们抽，她自己也叼上一支。那根雪白的烟卷儿插在她那红红的小嘴里，活活就是一幅画，像从电影上挖下来的一样。

"他在京城里成天干什么？""老婆"问。

"他是著名的歌唱家呀！每天晚上演出，"女记者有些失望地问，"你们没看过他的演出？"

我们没有看过他的演出。

"你们听过他的歌声吧，从收音机里。"女记者拿出一个蒙着皮套的录音机，说，"我这里有他的磁带。"

"他的歌，听过。""耗子"摩挲着那个沾满了油腻的塑料壳收音机说，"他唱的那些事我们都知道，骆驼啦，羊啦，花儿草儿什么的。他从小就有好嗓子。"

女记者兴奋起来，嘴里又流出弯弯勾勾的几句洋文。她说洋文时那舌头仿佛打了六十四个卷儿。这四层眼皮的女人，舌头能打六十四个卷儿，真真是识字班脱裤子——不见蛋（简单）。"大金牙"后来说。

"说呀！说！"女记者打开录音机，我们看到机器在转动，"我就喜欢听他小时候的事儿。"

"他不就是会唱几首歌吗？""羊"说，"我们这儿谁也能哼哼几句。"

女记者更高兴了,她又要听我们唱歌,都是"羊"这家伙招来的事。女记者说"骡子"不但是个著名的歌唱家,还是个不怕淹死自己跳到河里救人的英雄。

"羊"又说:"这算什么事?我去年一年就跳到井里两次,头一次捞上来一个小孩,第二次捞上来一个老太太。那老太太还骂我多管闲事。"

我们恨死了这头"羊"。"羊"不会抽烟。

我们答应把你小时候的事情说给她听。

淤泥、野芦苇、狗蛋子草、青蛙、黄鳝、癞蛤蟆、水蛇、螃蟹、鲫鱼、泥鳅、蝈蝈、鱼狗、燕子、野韭菜、香附草、水浮莲、浮萍,年复一年地在我们二十年前洗过澡的地方繁衍着、生长着,你却再也不去那地方,去了也不会像当年那样脱得一丝不挂。那时候你对我们骄傲地显示着你那几根毛毛儿,现在你还炫耀什么?都传说你自己动手把那玩意儿割掉了,你连一个儿子都没留下就切掉了它。消息传来时,我们一致认为:你是个彻头彻尾的混蛋。

那时候,这混蛋直挺挺地立在浅水里,让我们看身体的变化。我们感到羞耻、神秘、惴惴不安,你用那几根毛儿把我们超越了。下午的太阳是多么样的明媚啊!

墨水河清澈见底，沙质的河底上淤着一层发亮的油泥，河蟹的脚印密密麻麻，堤外传过来摘棉花女人们的歌声。

您不知道，京城来的同志，我们这儿的女人，结了婚后就不管三七二十一啦，什么样的脏话都敢说，什么样的风流事都能干。她们唱那些歌儿呀呀呀，实在是不好对您学，您还是个闺女吧？摘棉花女人的歌儿太流氓了，开头几句还像那么回事，三唱两唱就唱到裤裆里去了……您非要听？好吧，周瑜打黄盖，您愿挨就行。譬如：大姐身下一条沟，一年四季水长流，不见大和尚来挑水，只见小和尚来洗头……

那京城来的女人脸上没有一丝红，听得有滋有味儿。到底是大地方来的人，我们赞叹不已。

女人的歌声在秋天的洁净的空气里，有震动铜锣的嗡嗡声。你的心别别地跳，感到脚底下的沙土在偷偷流走，流动的细沙使我们脚心发痒。我们的身体在倾斜。你的腰渐渐弯了，我们亲眼看到了它突然昂起了高贵的头！流氓，太流氓了，流氓的歌声狠狠地打击着我们。你猛地往前扑去，像一条跃起的大鱼。你的肚皮打击得河水沉闷一响，我们尾随着你扑向河水。河里水花四溅，我们手脚打水，满河都是嚎叫。

补充说明一点。老人们说,立了秋后就不能下河洗澡了,河里的凉气会通过肚脐进入肠子。立秋之后非要下河洗澡,必须用热尿洗洗肚脐,我们每次都这样做。

这些陈茄子烂芝麻的破烂事儿对您有用吗?

有用,有用,太有用啦。你们尽管说,她说,我对他的一切都感兴趣。

对不起您,天就黑了,我们要做粉丝了,要干到后半夜。您回镇里去?

女记者不回镇里去,她要看我们做粉丝。她说她吃过粉丝但从没见过做粉丝。我们看到她又从那只白皮包里摸出一盒烟,大家心里既感动又高兴,到底是京城来的人,出手大方,还有四层眼皮。

距离"大金牙"贷到五万元人民币还有三个月,他的昙花一现的好运气还没来到。人走时运马走膘,兔子落运遭老雕,这话千真万确。我们怎么敢想象三个月后"大金牙"就嘴里叼着洋烟卷儿,脖子上扎着红领带儿,黑皮包挂在手脖子上,成了高密东北乡开天辟地以来的第一位厂长呢?他现在的活儿是在咱们的"耗子"挂着帅的粉丝作坊里拉风箱,最没有技术最沉重最下等的活儿,但灶膛里熊熊燃烧的火焰总是照耀着他的脸,使他的那两颗铜牙像金子一样放光,还有他的额头也放光,像一扇火红色的葫芦瓢儿。

我们把红薯粉碎，从大盆里倒进大缸里，再从大缸里舀到小盆里，再从小盆里倒进大盆里，倒来倒去，我们就把淀粉倒弄出来了。淀粉白里透出幽蓝，像干净的积雪。

我们把水加进淀粉里，再把淀粉加进水里，再把水倒进锅里，三倒四倒，我们就把粉丝倒弄出来了。

灶里火焰很旺，火舌舔着锅底，水在锅里沸腾。火舌使我们的脸上出汗，在腾腾升起的蒸气里，那女记者的脸蛋儿像花瓣儿一样。有一个这般美丽的女人看着我们干活令人多么愉快。我们忘不了这好运气是谁带给我们的。"耗子"用他的小拳头飞快地打击着漏勺里的淀粉糊儿，几百条又细又长似乎永远断不了头的粉丝落在沸水滚滚的大锅里，然后又如一缕银丝滑进盛满冷水的大盆里。"老婆"蹲在盆边，挽着滑溜溜的粉丝，挽到一定长度时，他便探出嘴去，把粉丝咬断。每次在咬断粉丝时，他总是不忘记同时吞食它们。

"吃多了肚子会下坠的！""耗子"说。

"我没有吃。""老婆"说。

"没有吃你干吗要吧唧嘴？"

"吧唧嘴我也没有吃。"

我们知道他吃了，每截断一次粉丝他就吃一大口。他死不承认，谁也没有办法。于是我们希望他的肚子通道疼痛下坠，但是他既不疼痛也不下坠。好在我们是同学，不愿太认真。

后来，半夜了，作坊外的黑暗因为作坊内的灶火而加倍浓重。女记者吃了一碗没油没盐的粉条儿，我们还想让她吃第二碗。她吃了第二碗我们还想让她吃第三碗，但是她任我们怎么劝说都不吃了。她说她吃饱了，吃得太饱了，说着说着她就打了一个饱嗝。

粉丝都晾起来了，今夜的活儿完了。汽灯有些黯淡了，"大金牙"蹲下去，扑哧哧响，他抽拉着打气杆儿给汽灯充气，嗞嗞声强烈起来，汽灯放出刺眼的白光。女记者眯缝着眼说汽灯比电灯还亮。她没有回镇政府睡觉的意思，我们自然愿意陪着她坐下去。

"耗子"眨着永远鬼鬼祟祟的眼睛问女记者："您见过他吗？跟他熟吗？"

女记者说："太熟了。"

"听说他在京城里有好多个老婆？"

"噢，这倒没听说过。"女记者挺平淡地说。

"你别说外行话了，人家那不叫老婆，是相好的！""大金牙"纠正着"老婆"。

女记者说:"他在家乡时有过相好的吗?"

我们互相看看,都不愿回答女记者。

"他在家乡时是不是就很风流?"女记者问。

"不,不,"我们一齐回答,"他很规矩。"

那时候我们从"狼"的白色恐怖中逃脱出来了。没有中学好上,我们一齐成了社员。他因为身体发育得早,已进入了准整劳力的行列,干上了推车扛梁的大活儿,而我们还在放牛割草的半拉子劳力的队伍中逍遥。

"他的爹娘没给他找老婆吗?"那天夜里,在粉坊里,她问我们,"农村不是时兴早婚吗?"

她的眼在汽灯的强光照耀下,黑得发蓝。她使我们想起"小蟹子"。我们告诉她:他的爹娘在我们不是"狼"的学生三个月后突然失踪了,就像他的姐姐一样。

也是在粉条作坊里,也是一个很黑的夜晚,也是深秋季节,天气有些凉但不是冷,我们村的粉条作坊开张了。下午在收获后的红薯地里放猪时,我们就知道了这消息,大家都很兴奋。"老婆"家那头花猪鼻子极灵,东嗅嗅,西嗅嗅,简直胜过一条警犬。它是"老婆"的骄傲。太阳要落山时,路边槐树上,金黄的枯叶在阳光中颤抖,我们因夜晚粉坊的美景即将来临兴奋得颤抖。播种小麦的男女社员们收工了,疲惫的牛和疲惫的社员们沿着土路走过来了,我们也召唤着猪,让它们停止寻找残存在泥土中的红薯,跟我们一起回家。啰啰啰,啰啰啰,是我们对猪的呼唤。"老婆"家的花猪在一座坟墓后的暄土里拼命拱,用齐头的嘴巴。一边拱它一边叫,像狗一样。猪叫出狗声,的确有些怪异,我们便围拢上去看。"老婆"家的花猪戗立着背上的鬃毛,好像很激动。我们家的猪和我们一起看着"老婆"家的猪把地拱出一个大坑。

"这里可能埋着一坛金子。""耗子"说。

"老婆"的脸上立刻就放出金子般的光芒。

"干什么你们?怎么还不回家?"队长在路上喊我们。

"老婆"家的花猪浑身哆嗦着,叼着一个黑乎乎、圆溜溜的东西从土坑里跑上来。

我们发了呆了,呆了一分钟,便一齐怪叫着,炸到四边去。

"老婆"家的花猪从土坑里叼上来一颗人头。一颗披散着长发的女人头。女人头还很新鲜,白瘆瘆的,没有臭味没有香味,有一股冷气,使我们的脊背发紧,头发一根根支棱起来。

在路上疲惫移动的大人们飞跑过来，全过来了，路上只余了些拖着犁耙的牛，它们不理睬让它们站住的口令，继续踢踢踏踏地往村子里走。

大人们来了，我们胆壮起来，重新围起圆圈，把"老婆"和他家的花猪以及花猪拱出来的人头围在中央。那女人头还半睁着眼，头发乱糟糟的。花猪好像要向"老婆"报功一样，跟着"老婆"哼哼着，"老婆"被花猪吓得鬼哭狼嚎。

到底还是队长胆大，他从坟头上揪了一把黄草，蹲到人头前，小心翼翼地揩着那张死脸上的土，一边揩一边咕哝："怪俊一个女人，真可惜了……"揩完后他站起来，转着圈儿端详。落日的余晖涂在我们脸上，也涂在人头上，使它红光闪闪，宛若无价之宝。我们都像木偶一样呆了好久好久。

队长忽然说："你们看她像谁？"

我们认真地看看她，也看不出她像谁。

队长说："我看有点像桂珍。"

桂珍是"骡子"的姐姐。

我们再看那头，果然就有些像桂珍了。不等我们去寻找"骡子"时，他先叫起来了："不是我姐姐，才不是我姐姐呢！"

他哭丧着脸，继续喊叫："我姐姐的头是长的，这个头是圆的；我姐姐头发是黑的，这个头发是黄的……"

"你也别犟，"队长说，"长头也能压成圆头，黑毛也能染成黄毛，没准就是你姐姐的头哩！"

"骡子"哭了，他又举出了几十个证据来证明那颗头不是他姐姐的头，搞得我们也有些不耐烦起来，队长也高了嗓门，说："'骡子'，你也甭吵吵啦，去叫刘书记吧，他老人家眼光尖锐，他老人家要说这头是你姐姐的头就是你姐姐的头，他老人家要说这头不是你姐姐的头你想赖成你姐姐的头也不行。"

张三、李四、王二麻子……队长点了一大片人名，让他们回家吃饭，吃了饭好去粉坊加夜班干活，顺便把刘书记喊来验头，但人们都不想挪步。队长无奈，只得吩咐大家好生看守着人头，别出差错。此时太阳已完全下山，但天还没黑，有几只乌鸦在我们头上很高的地方呱呱地叫，远望村庄，已被盘旋的炊烟弄得一团模糊。

人们围着人头，都如磁石吸住的铁钉一般，谁也不动，也没人说什么。眼见着那天就混沌起来，农历十六日的大月亮放出软绵绵的红光来，照在我们的脸上和背上,也照在那女人头上。那女人头上跳动着一些碧绿的光点儿,我们目不转睛地看着。人是如此了,那些猪们却在月光下撒起欢儿来,一个个都把鬃毛倒竖,你追它赶着,喉咙深处发出吠叫,汪汪汪一片。我们不去管它们。

"这不是我姐姐的头!我姐姐跟着劳改农场一个劳改犯跑了,这不是我姐姐的头!"他的嚎叫淹没在月光中,竟似受伤的鲫鱼往水底沉落一般,没有人理睬他。

远远的一盏红灯从村口飘过来,飘飘摇摇,摇摇飘飘,不似人间的灯火。大家都知道刘书记来了,在水一样的波动着的月光下,流过来清脆的驼铃声。红灯刚由村口出现时,我们感觉到它流动得很慢,似乎老半天都不动地方;渐渐逼近时,才发现它流动得很快,宛若一支拖着红尾巴的箭。

人圈又是非常自动地裂开一条缝,大家都把目光从人头上移开,看着身躯肥大的刘书记手里擎着一盏纸糊的红灯笼,从骆驼背上轻捷地跳下来。据"黄头"的叔叔八老万说,内蒙的骆驼是跪倒前腿,降低高度,让夹在它的双峰之间的骑者安全地跳下来,我们这头骆驼却从不下跪,刘书记腿脚矫健,也用不着它下跪。

"人头在哪里?"刘书记的嗓音像铜钟一样。

没人回答，但却自动地把通往人头的缝隙闪得更宽了。大家的目光随着大摇大摆的刘书记往前移动，最后都停在被红灯笼照明了的人头上。这时，队长才气喘吁吁地跑来了，与队长同时跑来的还有民兵连长（他是刘书记的亲侄）和两个基干民兵。民兵连长背着一支老掉牙的日本造三八大盖儿步枪，枪口上套着贼长的刺刀，刺刀尖上银光闪闪，照耀着历史，使我们猜想到了战争年代的情景。那两位基干民兵都是贫农的儿子，他们每人扛着一支铁扎枪，枪头后三寸处绑着绒线缨儿，在月光下抖动。他们腰里分左右各着两颗木把手榴弹，也不知是什么年代制造的，更不知臭了没有。

刘书记把红灯笼交给此时已气喘吁吁地站在他背后的民兵连长擎着，民兵连长的另一只手紧紧地抓着三八枪的皮带。灯笼火下，出现了一条条重叠着的大影子。

"我怎么看怎么觉得这头像桂珍的头……"队长对刘书记说。

刘书记不待他说完就破口大骂起来："放你娘的狗臭屁！"

队长的腰立刻就弯曲了。队长弯着腰退到我们中间，再也不说一句话。

刘书记张望了一下众人，怒冲冲地说："你们还围在这儿干什么？一颗死人头有什么好看的？谁稀罕？谁稀罕谁提回家去吧！"

谁也不稀罕，大家就惶惶地四散回家了。

我们的猪给我们制造了相当多的麻烦，它们玩疯了，在月光地里，活像一群恶狼。

我们终于把猪赶上了回家的大路，但我们难以忘却那颗女人的头。刘书记的红灯笼也一直照耀着我们的思维，我们站在粉坊外偷看着屋里的情景时，心里还亮着那盏红灯。

这一夜，粉坊没有开工。

拖了七天粉坊又要开工。要开工那天傍晚，刘书记吩咐民兵连长放两颗手榴弹以示庆祝。这无疑又是一件激动人心的大事，全村都传遍了，大人小孩都想看。

放手榴弹的地点选择在村东头的大苇湾里，苇湾西侧是第五生产队的打谷场，场边上有一道半人高的土墙，恰好成了观众的掩体。湾边有一棵非常粗的大柳树，有一年这树枯死了，村里人恐慌得要命；八老万买来骆驼那年，树又活了，大家照旧恐慌得要命。村里人说这树成了精，说谁要敢动这树一根枝儿，非全家死绝了不行。刚吃完晚饭我们就脚垫着砖头将下巴搁在墙头上等着看好景了。待了一会儿，大人们陆续来了，这季节村里人全吃红薯，大家都消化着满肚子红薯、吞咽着泛上来的酸水焦急地等待着。

终于等来了驼铃声。贯穿村庄的大街上，来了骆驼刘书记和民兵连长一行。刘书记上身笔直，端坐在驼峰之间，恰似一尊神像。那天晚上我们看见了纸糊的红灯笼高悬在骆驼背上，民兵连长背着上了刺刀的三八大盖子枪，两位基干民兵扛着红缨枪，腰里别着手榴弹。

在场上，骆驼停住，跳下刘书记，犹如燕子落地般轻巧，无声无息。

民兵连长大声吆喝着，不准众人的脑袋高出场边土墙，否则谁被弹片崩死谁活该倒霉。民兵连长正吆喝着，就听到那株成了精的大柳树上咯吱一阵响，一个黑乎乎的大东西从树上跌下来。

我们的魂儿都要吓掉了，因为红灯笼照出的光明里出现了一具没有头的女尸。也许由于没有了头，她的脖子显得特别长。她身上赤裸裸一丝不挂，一副非常流氓的样子。

众人刚要围成圆圈，就听到刘书记不高兴地说："回去吧，回去吧，一具无头女尸有什么好看的？谁稀罕？谁稀罕就把她扛回家去吧！"

谁也不稀罕，于是大家便懒洋洋地走散了。

又拖了七天，民兵连长站在村中央那个用圆木搭成的高架子上，用铁皮卷成的喇叭筒子喊话，他告诉我们，晚上粉坊开始制作粉丝，先放四颗手榴弹庆祝，放手榴弹的地点还是在村东头的大苇湾里。

傍晚，我们消化着肚子里的红薯趴在墙头上，一会儿，骆驼一行来了。然后一切照旧，唯有树上没往下掉什么怪物。民兵连长站在红灯笼下，满脸严肃。我们看到他拧掉手榴弹木柄上的铁盖子，又用小指头从木柄里小心翼翼地勾出了环儿。他看了一眼刘书记，刘书记点点头。他猛地把手榴弹扔到苇湾里去了。手榴弹出手的同时民兵连长卧倒在地，我们也跟着趴下去。我们等候着那一声惊天动地的巨响。等啊等啊，巨响总不来，大家不耐烦起来，但谁也不敢先站起来。

骆驼打了个响鼻，刘书记站起来，质问民兵连长："你拉弦了没有？"

民兵连长把挂在小手指上的弦给刘书记看。刘书记说："臭火了，再扔个试试。"

民兵连长又扔了一颗，不响。

又扔了一颗，不响。

又一颗不响。

刘书记愤怒地蹦起来。刘书记说他娘的这些破武器怎么能打敌人，下湾去给我拣上来，点上火，烧这些狗杂种，看它们还敢不响。

没有人愿意到湾里去拣手榴弹，民兵连长喊来治保主任，治保主任押来了全村的四类分子：地主分子刘恩光和他老婆、富农分子聂家材和他儿子、伪保长大头于、反革命分子张二林、右派分子孙兔子，等等。民兵连长命令道：下湾去把那四颗手榴弹摸上来，摸不上来枪毙了你们这些狗杂种！

湾里水深及胸，半枯的芦苇还没收割，看上去挺吓人。四类分子不敢畏惧，稀里呼隆下了湾，像一群鸭子。芦苇顿时哗啦啦响了，水被搅浑，凉气和淤泥味儿一齐泛滥上来，冻着我们臭着我们。地主刘恩光的老婆是个小脚女人，一下湾就陷进淤泥里动弹不得，老地主也不敢去救她。

总算摸上来三颗手榴弹，还差一颗没摸上来，刘书记说："算了，算了，就烧这三颗吧！"

第五生产队打谷场上有一垛豆秸，书记令人一齐去抱，抱了一大堆堆在场中央。书记亲自点上火，民兵连长把手榴弹扔到火堆里，转身就跑，刘书记也骑在骆驼上跑了。

跑了足有半里路，刘书记说："停住吧，别跑了，三颗手榴弹炸不了多远，又不是三颗原子弹，跑什么？怕什么？"

经他这么一说，我们都定了心。全村百姓围绕着骆驼站着，远远地望着第五生产队打谷场上熊熊的火光，等待着天崩地裂。豆秸是好柴禾，残存在豆荚中的豆粒儿噼噼啪啪地响着，隔着半里路也能清清楚楚地听到。火大生风，火苗儿剥剥地抖着，像风中的红旗。火照得半个村子通红，那株成精老树的古怪枝杈像生铁铸成的，有点狰狞。巨响始终不来。

突然，我们看到一个通红的女人扑进火堆里。她张着胳膊，像一只通红的大蝴蝶扑进火堆里。她也许根本不像蝴蝶顶多像一只老母鸡扑进火堆里。她扑进火堆里那一瞬间火暗了许多，但立即又亮了起来，亮得发了白。一会儿，我们就闻到了一股香喷喷的鸡肉味。

那巨响还不响，无人敢上去添柴的火堆渐渐暗淡了，终于成了一堆不太鲜明的灰烬。刘书记骑在骆驼上发泄着对手榴弹的不满。此时天上出现了半块白月亮，已经后半夜了，我们四肢麻木，肩背酸痛，衣服上沾满冰凉的露水。

又拖了七天，我们躲在黑暗里观察着被汽灯照得雪白的粉条儿作坊。粉坊是村庄的第一项副业，又是开工头一晚，所以刘书记端坐在正中一张蒙着狗皮的太师椅上。他的骆驼拴在门前一棵桂花树上。我们看不清骆驼，但能闻到它嘴巴里喷出来的热烘烘的腐草味儿。

作坊里的情景您也很熟。那时候他已经十六岁，跟我们差不多，他把头伸到我们头上往作坊里张望着，我们辨别出了他的味道。

"'骡子'，你是大人啦，怎么不到里边去吃粉条儿？""耗子"问。

满屋里流动着滑溜的粉条，我们没有资格进去，他有资格进却不进。"耗子"对女记者说："他从花猪拱出人头的第二天起，就交了好运，刘书记让他住到自家的厢房里，专门饲养那匹宝贝骆驼。从此之后，村里几百口人里，只有两个人有资格骑骆驼，一个是刘书记，一个是他。"

你那时好神气啊！大家都说刘书记收你做了他的干儿子。你穿着一身绿色的上衣，上衣口袋里插着一支金笔，小脸儿白白胖胖。有时你骑着骆驼从我们身边路过，我们感到很不如你。有一次我亲眼看到"狼"对你点头哈腰。"大金牙"说,"骡子"总是高我们几个头。

现在你算惨透了,兄弟,为了什么事儿你竟敢把它割下来,你爹可就你一个儿子。

后边的事我们本不愿意对女记者说,但是她老把美国烟卷给我们抽,她还生着四层眼皮,我们便说了。这些事其实我们也弄不十分明白。

据说,"骡子"和刘书记那个三十岁刚出头的老婆勾搭上了,第一次好事就成功在他把头伸到我们头上的夜晚。我们是看热闹的,他是看门道。他看刘书记坐在狗皮椅子上精神抖擞地指挥着生产,一时半晌不会回家,便跑了回去,搂住了他的浪干娘。传说刘书记那个玩意儿一九四七年被还乡团割去了半截,剩下半截自然不顺手,他还偏偏娶了个比他小二十岁的女人,所以,这事儿也就不奇怪了。为什么偏偏有这样的好事被"骡子"碰上呢?那我们就弄不明白了啦。"骡子"那家伙我们是见过的,啊哈,怪不得叫他"骡子"。他大概也把那浪娘们给打发舒坦了。得意忘形,"骡子"倒了霉。

"骡子"被吊在村子中间那栋灰瓦房里挨揍的情景我们亲眼看见了。"骡子"光着屁股悬在房梁上,刘书记端坐在狗皮椅子上,指挥着民兵连长和两个基干民兵动手。

他可是真耐揍,打死他也不吭声。

后来刘书记拿着一把杀猪刀子要把他那个作孽的玩意儿割下来时他才告了饶。

"他怎么告饶?"毫无倦意的女记者逼问着我们。

他苦苦哀求着:干爹,亲爹,开恩饶了我吧,你砍断我一条腿,也别割掉我的……俺爹就我一个儿子,你不能断了老吕家的香火啊……

"后来呢?"女记者又点燃一支烟。

后来我们就不知道了。因为我把垫脚的砖坯蹬倒了,民兵连长在屋里大喊:谁在外边?吓得我们一溜烟儿窜了。

后来我们就不知道他的音信了,前年才听说他在京城成了大气候。

四、时代英雄

有一个人身穿黑西服,脖缠红领带,嘴叼洋烟卷,鼻架变色镜,斜挎黑皮包,左手戴一块黑色电子表,右手戴一块黄色电子表,脚蹬高勒塑料雨鞋。他是谁?他是继"骡子"之后我们同学中出现的第二位英雄——"大金牙"。当时,他的头衔是:中华人民共和国高密东北乡环球计划生育用品开发总公司总经理兼高密东北乡避孕药制造厂厂长。一年半前的那个下午,"大金牙"就是如此威风堂堂地闯进了我们粉丝作坊。

大家看着他,如目睹天神下凡,一时都成了呆木瓜。他一张嘴吐出了一串掺杂着地瓜味儿的京腔:"我代表毛主席看你们大家来啦!"

我们一时被唬住了,怔怔地望着他,不知眼前是个什么人物。他龇牙一笑,露出马脚。"黄头"冲上去,一巴掌扇掉了他的变色镜,骂道:"大金牙,你这个驴日的也敢糊弄我们!"

"大金牙"急急忙忙拣起变色镜,仔细察看着,说:"开什么玩笑,这个值一百多块钱呢!"

"屁!""黄头"骂道,"你也猴子戴礼帽——充起人物来了。"

"大金牙"严肃地说:"人靠衣裳马靠鞍,穿差了人家瞧不起咱。我现在是农民企业家了,自然跟你们不一样。"

农民企业家"大金牙"从口袋里摸出一把名片,分给我们每个人一张。"拿着,好生拿着,会有用处的,"

他嘱咐我们,"今后进城去,要碰到有人欺负你,你就把名片拿出来唬他。"

"大金牙"吃了两碗粉条,脱下雨鞋,坐在炕沿上,搓着脚丫泥,给我们讲他这次进京的奇遇。他的雨鞋里散出一股比屎还难闻的味道,外边大晴的天儿,这英雄却偏要穿高勒雨鞋。

"大金牙"告诉我们,他这次去京城,是去采购机器设备和原料的,避孕药可不是粉条,随便捣鼓就能捣鼓出来。当然当然,我们连忙说。避孕药是尖端化学,他说,要有技术,你们知道吗?我们知道。你们不要小瞧我,哼,还记得给"狼"当学生那年头吗?那时候吾即是大才子!门门功课总是考百分,县里把吾当典型宣传。我们实在记不起他考过百分,更不知道何年何月县里宣传过他。所以他说"吾即是大才子"时,"黄头"说:你是狗鸡巴!骂他狗鸡巴他也不恼,他撇着京腔继续说:因故辍学后,吾发奋自学,学完中学大学的全部课程,吾省吃俭用,节约了钱购买专业书籍和实验器材。当你们整天为了几个工分卖命时,我已研究成功了一种特效避孕药……怪不得你老婆不生孩子,八成是吃了避孕药了。对对,我这种药吃一片管十年,一个女人一辈子只要三片就够了,而且没有任何副作用,京城里那么多反动权威花费了成千上万的金钱才研究出了那种越吃生孩子越多的避孕药，还有那么大的副作用，吃了后头晕眼花，大便秘结，小便带血，四肢麻木，口舌生疮，头发脱落，牙龈脓肿……我这药没孕避孕，有孕打胎，兼治月经不调，子宫下垂，跌打损伤，口臭狐臭……够了够了，大金牙，金牙厂长，别耍贫嘴了，我们早就让马医生劁了，"老婆"没劁但"老婆"的老婆劁了，谁也不会买你的避孕药……但是，他们全都不理我，我去国家专利局申请专利，刚一进大门就被警卫抓起来，他们踢了我三脚扇了我两耳光，还说我是骗子。

"活该！""老婆"说。

"大金牙"说他流落在京城街头，口袋里一个子儿也没有，身上生了虱子，遍体瘙痒，肚中饥饿，好像只有死路一条。他忽然神秘地说：伙计们，我跟你们说，天无绝人之路！你们猜我碰到了谁？

难道你碰到了他？

不假。吾流落街头，正是虎落平川遭犬欺，忽然看到一男一女两个漂亮青年——那女的比四层眼皮女记者还漂亮——男的提着一桶浆糊，女的夹着一沓海报，逢墙就贴。那海报上写着：著名青年歌唱家吕乐之今晚将在首都体育馆演出！良机千载难逢！切莫错过。"骡子！"吾大喝一声,"骡子！"那一男一女气汹汹走上来,男的问:他妈的,你骂谁是"骡子"?女的说:打这个丫挺的！他们说打就打,打得吾眉头一皱,计上心来。我从口袋里掏出吾的名片,说:别打吾！吾是高密东北乡特效避孕药制造厂厂长,吕乐之是吾的同学。他们一听这话,立刻就不打吾了,反而满脸带笑向吾打听"骡子"的情况,吾说"骡子"身上有几个疤吾都知道,吾正要找他呢！吾要他们带吾去找他,他们说见他可不容易,他忙着呢！吾灵机一动计上心来,吾说他家的旧房基上挖出了一坛金元宝,让他回去处理呢！吾略施小计,把那两个人骗得屁颠地把我带去见"骡子"。

"你见到'骡子'啦?"我们一齐问。"骡子"的大名早已震动了高密东北乡,但是他不回来。

"你瞎吹吧！""耗子"说。

"谁瞎吹?"

"大金牙"一着急嘴里喷出了粉条渣渣,他说,"谁瞎说谁不是女人生的,谁瞎吹谁是骆驼生的。"

"他还是给刘书记养骆驼时那模样吧?"

不,绝不,他活像个大人物,他已经就是个大人物了对不对?那两个贴海报的带着吾坐了大车坐小车,七拐八拐,大街小巷,大花园小花园,到处都是冬青树和花草，红的黄的粉的蓝的，什么颜色的都有，京城好漂亮，比咱高密东北乡漂亮一万倍！吾都要转头晕了，才转到他的家。那两个年轻人吩咐我站住，他们去敲门，他的门上装着电钮，根本不用敲，轻轻一按屋里就唱歌。待了好久，门开了，露出了一张又白又瘦的脸，吾一眼就认出了他的眼。这家伙，两只眼还是那样贼溜溜的。那两个青年人点头哈腰地说："吕老师，来了一个你的乡亲。""骡子"把眼移到我这边来了，吾忙上前两步，大喊："'骡子'！'骡子'！好你个骚'骡子'，半辈子没见你了！"他冷冰冰地问："你是谁？"吾忙说："我是你的同学'大金牙'呀！"他摇摇头说："你找错人啦，我不认识你！"吾正要分辩，他早不理我了，他训那两个年轻人："以后不要给我添麻烦！"那两个年轻人连连道着歉，门砰一声关了。

"这小子，连乡亲都不认了？"我们感到愤怒。

听我说，听吾说，那俩年轻人恶狠狠地转过脸来，三拳两脚就把我打得满地摸草，那女的踢人比那男人还狠，她的鞋头又尖又硬，像犍子牛的犄角儿。要是再敢骗人就把你送到派出所里去！那女人说。吾趴在楼梯上不敢动弹，装死吧，好汉不打装死的。吾听到他们咯咯噔噔地走远了，才敢扶着楼梯站起来。"骡子"！这个王八蛋！吾心里很难受，止不住的眼泪往下流。这时，听到头上一声门响，"骡子"的门开了。他站在门口说："金牙"大哥，请留步。

"大金牙"故意停顿，眯着眼看我们。

他把吾请进他的家。他说离家乡多年，记不清了我的模样，不是有意疏远同学。他说经常有人去敲诈他。他的家里铺着半尺厚的地毯，一脚踏上去，陷没了踝子骨。屋里墙上挂满了字画儿，那些箱儿柜儿的，油汪汪地亮，天知道刷了什么油漆。人家"骡子"拉屎都不用出屋儿。人家喝的是法国酒，抽的是美国烟，裤子上的缝儿像刀刃儿一样。他还是蛮记挂我们东北乡的，问这问那，打听了若干。

问我们了吗？

问遍了！一边问一边说着"狼"打学生的事儿。他说"狼"的教鞭是他削的，"狼"打弹弓用的泥球儿也是他搓的。

啊呀！这家伙！

他还问"小蟹子"和"鹭鸶"了。他还记得到"蟹子"家窗前唱情歌儿，被"蟹子"的爹差点逮住的事儿。

只可惜"小蟹子"住进了精神病院。

我们正说得热乎着呢，有人按门上的电钮儿，屋里唱小曲儿。"骡子"让我坐着，他起身去开门，吾听到他在门口和一个女人嘀咕了半天，后来那女人闯了进来。你们猜她是谁？

是那个四层眼皮的女记者呀！她进门就脱衣裳，没脱光。她说"大金牙"，你还认识我吗？我说认识认识怎么能不认识呢？她支派"骡子"给她倒酒。"骡子"忙不迭地给她倒，红酒，盛在透明的玻璃杯子里，像血一样。那女人也把你们全问遍了。

后来，屋里又唱小曲儿，又有人按门上的电钮儿，"骡子"坐着不动，那小曲儿一个劲地唱。四层眼皮不怀好意地说：去开门呀！怕什么？"骡子"苦笑着，坐着不动。女记者从沙发上蹦起来，说：你不敢去我去。"骡子"耷拉着头，像吃了毒药的鸡。女记者开了门，气呼呼地进来，她身后又跟来一个女人。这女人一头好头发，像钢丝刷子一样支棱着，薄薄的嘴唇上涂着红颜色，像刚吃了一个小孩，一看就知道不是个善茬子。她也是一进屋就脱衣裳，也没脱光。"骡子"说：这是我的乡亲。那女妖精哼了一声，算是跟我打了招呼。她也是让"骡子"给她倒酒，"骡子"起身给她倒，红酒，盛在透明的玻璃杯子里，像血一样。那女人喝着酒，拿两只蓝眼睛瞪着四层眼皮的记者；四层眼皮的记者也喝着酒，拿两只绿眼瞪着红嘴女人。就那么瞪着瞪着，四只眼睛里都噗噗噜噜地滚出泪水来。"骡子"给夹在中间，对这个笑笑，对那个笑笑，像孙子一样。

吾不是傻瓜，对不对，咱知趣，吾说："骡子"，吾走了，抽个空儿去趟高密东北乡吧，乡亲们想你！"骡子"站起来，说：也好，你住在什么地方？赶明儿我去看你。不待吾回答，四层眼皮就蹿起来，扯着嗓子喊：别走，吕骡子，你这个臭流氓，当着你的乡亲的面把你的丑事儿抖搂抖搂吧。你骗了我，又找了一个女妖精。那女妖精更不省事，端起酒杯就把酒泼到女记者脸上了。两个女人哇的一声叫，打成一堆，互相揪头发，互相抓脸皮，互相扇耳光，打成了一堆，在地上滚，幸亏有地毯，跌不坏。"骡子"喊着：够了！够了！你们饶了我吧！

两个女人打累了，从地毯上爬起来，脸上都是血道子，头发都披散着，衣裳都撕了，都露了肉，都哭着骂骂着哭。哭够了骂够了，女记者拎起衣裳，说："大金牙"，回高密东北乡去好好宣传他！她还对那女妖精说：告诉你吧！别得意，他从小就是流氓，你早晚也要被他涮了！女记者走了。女妖精也拎起衣裳，说：告诉你，我怀孕两个月了，你别想让我去流产！你连想都别想！

两个女人走了。"骡子"双手抱着头，好久好久不动，好久好久不吭气。我看着他那样子心里好不难过，原来他也不容易。我想劝劝他，又狗吃泰山无处下嘴。我说："骡子"，回家乡去看看吧，刘书记前年就死了，骆驼也死了，在家时你还是个小毛孩子，小毛孩子谁不干点荒唐事？现在你给家乡争了光彩，大家都盼着你回去呢！

他呜呜地哭起来，双手抱着头，像个小孩儿一样。他哭了半天，不哭了，他说：我真不该唱什么鬼歌，真恨爹娘生了我个男人身，我是个男人所以我连连倒霉，总有一天……

他说：你们听过我唱的歌吗？我说：听过听过，大人小孩都听过。他说：县里领导来信请我回去唱歌，我要回，马上就回去。他说："金牙"，今晚的事你回去千万别跟同学们说。我说：不说不说。他说：回去后我要到剧场里演唱，到时你们都去给我捧场。

"骡子"马上就要回来了。

一辆红白两色的面包车把我们拉进了县城，面包车跑得沙沙沙一溜黄风，坐垫儿软得屁股不安宁。"大金牙""黄头""耗子""老婆""干巴"……"狼"的学生挤满了车。一个留着小平头的干部说:"吕乐之同志委托我来接你们看他演出,他正陪着县长和副市长吃饭。他说请你们原谅他。"

我们想,你也太客气了。你现在是何等人物,请我们坐面包车已经让我们心里蹦蹦不安,怎么敢劳动你亲自来接我们。车里有收音机或是录音机,机器开放着,满车里都是你的歌声,灌得我们晕晕乎乎,半痴半醉。

车快得连路边的树都倒了,差一点撞死一条白花狗。他的歌声在车里盘旋——十八的大姐把兵当——这歌儿流传在高密东北乡,大人小孩都会唱,我们一起骑在牛上唱过——当兵就吃粮——大米干饭白菜汤——馋也么馋得慌——又差点压死一只芦花老母鸡,它叫着飞上了树——当兵先铰成二刀毛——过腚的大辫子咔嚓剪掉了——腰扎牛皮带——肩扛三八枪——身披黄大氅——车头碰死一只麻雀——当兵去打仗打仗不怕死——两个营的八路埋伏在大桥西——正晌时接了火——打死了小日本一百还要多——撅下了一百多尽是好家伙——战斗胜利了——同志们好快活——车进县城,满街都是车,十分热闹——同志们好快活——拐进了一个大院子,那留平头的干部说到了县政府了——同志们好快活——同志们好快活。

我们软着腿下了车,就看到瘦瘦高高的"骡子"陪着两个大干部向我们走过来。

我们坐在好极了的位置上,前边是市里和县里的大干部。剧场里全是灯,不知道浪费了多少电。那道暗红的大幕沉重地悬挂着,吓得我们够呛。剧场的门厅里,摆着一幅巨大的广告牌,牌上画着一个大姑娘,面带着微笑,手举着一个大瓶子,说:请吃高密东北乡特效避孕药。"大金牙"满脸的得意都流到下巴上去了,他不时地抬起西服的袖子擦着下巴。

"骡子"怎么还不出来呢?别着急,好戏都要磨台。你看,幕动了!大幕果然裂开一条缝,一个全身通红的女人钻出来。她的两个耳朵垂上挂着两个鸡蛋那么大的铜铃铛,一动脑袋铃儿响叮当,让我们想起刘书记的骆驼。她说:剧场重地,请勿吸烟,请勿吃带壳的东西!说完了她就钻到大幕里去了。

大幕终于拉开了,我们头顶上的灯灭了很多,台上的灯亮了好多。台上早摆好了一大溜蒙着白布的桌子,桌子后边坐着一排人。一个人扛着机器,给坐在桌子后边的人照相;一个人拖着黑电线;还有一个,高举着一个四四方方的东西,那东西突然射出了一道雪白的光芒,把桌子后边的人都照得不敢睁眼。"骡子"坐在正中央,只有他睁着眼,好像看着我们。又出来一个全身碧绿的女人,裙子里安装着几十个明明灭灭的小灯泡。稀奇稀奇真稀奇。她背上背着什么?"黄头"悄声问。"大金牙"说:背着干电池呗!她说了一大通话,紧接着县长讲话,紧接着"骡子"讲话,后来,大幕关闭了。

大幕又开了时,台上的桌子撤走了。县长他们下了台,在我们前排就了座。那个绿女人说:演出现在开始!台下一片欢呼。她说第一支歌是:《高密东北乡,我可爱的家乡》。

"骡子"穿着一身白得让人不敢睁眼的西服,手里握着一个喇叭筒子,说了些客气话呜里哇啦,然后开始唱:

我的家乡真美丽——

这小子,真会装模作样,美丽?美丽在哪里?

黑水河从我的心上流过——

我们忘不了你在河里洗澡时的恶作剧——

到处是大豆高粱红红绿绿黄黄遍地是牛羊——

纯属胡唱,胡唱——

百花齐放春风浩荡蜜蜂采花把蜜酿——

你唱得实在不精彩,著名民歌演唱家,不过是扯着喉咙瞎嚷嚷。

为了老同学，我们使劲拍巴掌。

那个穿红衣裳的女人把一把塑料花塞他怀里，演出到此结束。我们连连打着哈欠，等着他来接见我们。

他跟我们一一握手，还送给我们每人一个电子打火机。

面包车把我们卸在村口就跑了。满天都是星星，河里一片蛤蟆叫，空气潮漉漉的，露水落下来。我们啪啪地打着电子打火机，你照照我的脸，我照照你的脸。"大金牙"神秘地说：

"伙计们，你们猜他跟我要什么东西？"

"你有什么稀罕东西值得他要！"

"你们猜嘛！"

"鬼才去猜！"

"我告诉你们吧——可别瞎传播——他跟我要那种特效避孕药！"

"噢——你那鬼药灵不灵呀！"

"灵灵灵，绝对灵，我这药有孕堕胎、没孕避孕，兼治经血不调、胸胁胀满……"

"去你的吧！"

五、"大金牙"折腾记

"大金牙"的爹就是个人物。我们没见过他的爹,他死得很早,也有人说他成了仙。我们听我们的爹娘说,"大金牙"的爹本是个老实巴交的庄户人。说有一天他到南大洼里去锄高粱,碰见了一个白胡子老头,送他一本天书,那天书上写满了蝌蚪文,没有人会念,只有"大金牙"的爹会念。天书上写着炼仙丹的方法,只要炼出仙丹,谁吃了谁成仙。他天天炼,在屋里安了一个铜炉子,铜炉子下插着劈柴。他炼丹用的材料稀奇古怪,什么砖头面儿、磕头虫儿、屎壳郎儿、麻雀蛋、蝙蝠屎、长虫皮……全村都能闻到从炼丹炉里跑出来的味儿。他天天炼,炼了好几年。有时他上街,人们问他:炼出来了没有?他小声说:要想个法子,要想个法子,每当我要开炉出丹时,狐狸精就把丹给盗了。大家都笑他。他最后想了个好法子:开炉取丹时,让一个正来例假的女人站在炉边,狐狸精怕女人血,就不敢来盗仙丹了。说他出丹那天,"大金牙"的娘站在炉边,一开炉门,果然白气冲起,差点没把屋盖掀跑,他的脸在白气中隐现着,赤红赤红,宛若一块炉中钢。白气渐渐散去，低头看炉中，果然有一粒像樱桃那般圆润、像樱桃那般鲜艳的仙丹在炉底闪闪发光，空中伸下一串串毛茸茸的大尾巴，房顶上传下来狐狸精焦急的吼叫。他命令女人解开裤腰，放出秽气，狐狸们退了。他抓起仙丹一口吞了，把"大金牙"的娘气得够呛。他吃了仙丹后，满脸是喜气，双眼放着神光。他抱出一堆黄表纸，放在院子里，然后坐在纸前，点燃了纸，对老婆说：我要上天了。他老婆纳着鞋底子看着他的升天仪式。火焰高涨起来，纸灰满院子飞舞。一会儿火熄了，他还坐在那儿，闭着眼。"大金牙"的娘上去，踢他一脚，说：神仙，该吃饭了。竟然没有回声，仔细看时，人已经没了气息。"大金牙"的娘嚎哭起来，引来村里人看热闹。一个白胡子老头说：你哭什么？他已经脱了凡胎，成了神仙，你哭什么？"大金牙"的娘擦着眼说：这个没良心的，炼出仙丹来只顾自己吃，他成仙上天，俺娘儿们还得留在人间受罪。

"大金牙"的避孕药厂开工那天，村子里的老人把"大金牙"的爹炼仙丹的事儿讲给好多人听。

开工那天，吕家祠堂挤满了人。村长和村党支部书记各操一把大剪刀，剪断了把我们当年的教室和"狼"当年的办公室联结在一起的红绸子。红绸落地，鞭炮响起，纷纷扬扬的纸屑和淡蓝色的青烟一起扎进我们的眼睛。然后是书记讲话，村长讲话，"大金牙"讲话。"大金牙"说他要造福乡梓，降低出生率，提高人口质量等等。他私下里对我们说过，"骡子"很欣赏这工厂。他说"骡子"说中国所有的事情就坏在人口多上，人类的所有苦痛都建立在性交之后可能怀孕这一严酷的事实上。"所以他才帮我的忙，在京城里。""大金牙"在粉坊里对我们说。所以"大金牙"说他的工厂得到著名歌唱家赞助，为表感谢，他请"骡子"担任避孕药厂厂长。今后，我们生产的每一盒药的盒子上，都要印上"骡子"的头像和"骡子"的大名。

——这就是轰动一时的骡子牌避孕药的来由。祠堂里的坛坛罐罐就不说了，还有那些五颜六色、怪味扑鼻的配料也不说了。

"大金牙"的工厂冒烟之后，整座村子都被那怪味充斥了。闻了那怪味我们都感到不舒服。起初仅仅是不舒服，后来就恶心伴随呕吐、腹痛伴随腹泻，还有很多症状，不能一一例述。我们并没想到这是被"大金牙"折腾的。后来，连鸡都不下蛋了，鸡都蹲在墙旮旯里吐酸水。又后来，村里所有的男人都无法跟女人睡觉了。女人更彻底，据她们回忆道：自从闻了从吕家祠堂里飘来的味道后,她们都没了例假,而且一见了男人的影子就想上吊。

"大金牙"研制的这种药太厉害了。

据说他发出去了一批药。

很快,有消息传来,说"大金牙"制造毒药,损害了人民健康,公安局要来抓他。我们把这消息告诉了他。当天夜里他就失了踪。也有人说他藏在自家的一个地洞里。

"大金牙"办工厂时除了从信用社贷款外,还借了村里好多人的钱。他一失踪,债主们纷纷找上门去。他老婆装死狗,说要钱没有,要命有一条。债主们无奈,只得争先恐后往吕家祠堂跑,想看看那里有没有可以抵债的东西。信用社主任想独家把工厂接管了,债主们红了眼,一窝蜂拥进工厂里去。

那天我们都在场,铁皮烟囱还冒着一种鲜艳的红烟,十几个戴着防毒面具的雇佣工人还在按照"大金牙"指导的程序制药。一个大炉里有通红的火,屋里的空气刺鼻子扎眼。大家打量着"设备",都失望得要命。于是村长喊:别干了,"大金牙"跑了,我们都被他骗了。

工人们停下手中的活,傻不棱登地看着我们。众人的怨气无处发泄,便一齐动手,把那些坛坛罐罐捣得稀巴烂,然后捂着鼻子跑了。

那股怪味儿在我们村子里飘漾了一年多,现在才淡了些。

六、人头菊花

这件事情仅仅是传说。据说有一个人佯装走了,实则趴在道路旁边的沟里藏了起来。我们至今还记得,沟里填满了一大团一大团的红薯秧子,趴在上面会很舒服。我们猜测那个人是"骡子",但他坚决不承认,"耗子"曾经问过他。

传说那个人看到刘书记、民兵连长和两个基干民兵待到大队的人走远后,就坐在一块抽烟。抽够了烟,就点了一把火,把红缨枪挑了人头,放在火上燎,燎得吱啦啦冒烟才停。还说有好几条狼在火堆的光明外一个劲儿嚎叫。两个民兵中的一个有点害怕,刘书记批判他:怕什么怕?不是有枪吗?

他们没有对着狼开枪。

回忆一下,在赶猪回家的路上我们也许听到过枪响,如果有枪声,也一定是劳改农场里士兵追赶逃犯时放的。

潜伏者说，民兵连长从骆驼背上拿了一条麻袋把人头装了。刘书记骑上骆驼，民兵连长等人尾随着，向村子里走。

传说刘书记把人头埋在一个大花盆里，花盆里栽着一墩菊花，然后浇上三碗清水。刘书记家院子里的确有一盆菊花，这不是传说。第二年秋天刘书记那盆菊花开放了，这也不是传说。

你那时已经是刘书记的骆驼饲养员。你除了精心饲养骆驼外，还必须精心侍弄这盆菊花。你为它浇水，抓虫子，赶苍蝇。传说这盆菊花只开了一朵花，花朵肥大，大如人头，颜色是黑得透红或红得发黑，花朵放出奇香。说归说，我们没看过这盆名菊。

我们亲眼看到那盆菊花是他逃跑后（用失踪更准确些）的那些日子里，那盆菊花在刘书记怀里，刘书记在骆驼的两个驼峰之间。那个中午太阳很大，街上的尘土都放出光彩。刘书记抱着菊花坐在骆驼上，骆驼闭着眼慢腾腾地走着，那两座驼峰中的一座软瘪瘪地倒了，刘书记和骆驼都像梦境中的东西，唯有菊花夺目，放出黑色的亮光和阳光作对。算一算这事情过去二十多年了。

他在收音机里唱：有一个美丽的传说，少女的头上，开放了黑色的花朵……

也许这不是传说。算了算了，管它是传说不是传说呢。

七、巨响

至于是否有大蝴蝶般的女人扑进了熊熊燃烧的火堆，也只能当传说听。那晚上我们太累了，太累了就容易产生幻觉，另外火光外站着的人也容易产生幻觉。还有前回所说的好多事儿都可能是幻觉，连传说也有可能是幻觉。幻觉本身更容易成为幻觉。因为把一切都推给幻觉我们感到很轻松，有点像从噩梦中醒来的滋味。他真的把传宗接代的宝贝割下来了？我们是否真的站在他的门外呼唤过他？都不确定。

巨响的幻觉性也很大。那天晚上，火堆里埋了三颗手榴弹，刘书记的意思是要烧得它们爆炸，但火堆快要把最后一点红烬消失掉时它们还不炸。如果不是幻觉，那么，我们就慢慢地围上去了，每个人都小心翼翼，一边小步前进一边准备随时卧倒。其实，它们真想爆炸，我们根本来不及卧倒。

"黄头"很有些军事常识，他说手榴弹放到火里烧都不炸是不正常的，它们迟早会爆炸，我们每前进一步，就离着爆炸近一步。一般地说三颗手榴弹会同时爆炸，同时爆炸就会产生一声巨响。弹片有杀伤力，更大的杀伤力来自爆炸时产生的热气浪。它能隔着肚皮把你的肠子撕成香蕉那样长的一段一段又一段。

八、情深时想起爹娘夜捞羊

我们坚信我们的真诚会使你感动，你会敞开你的门，放我们进去，让我们安慰你，我们决不会主动问你为什么要割掉自己的下体，鸡吃石头子儿自有鸡的道理，你自有你的道理。你必定是感到非割掉它不可了才把它割掉的。我们打听到一个办法，可以让它再生出来。也不是我们打听到了什么办法，是失踪的"大金牙"不知从什么地方寄给我们一封信，他说吾惊悉"骡子"自己毁了自己，吾想他一定是一时激动，这太简单了，就像猫儿爬上树也必然能从树上爬下来一样。吾想只要"骡子"肯把他唱歌挣来的五十万块钱借给吾五万块，吾就还他一个男人身子，五万元买个金刚钻儿，不贵吧？说到这里还得补充几句：不是说"大金牙"发出去一批药吗，那批药被京城里一些人吃了，男人女人都吃，吃了后都想自杀，于是一级一级查下来，听说公安局夜里摸进村庄来逮捕"大金牙"，没逮着。他的药太峻烈了。我们真担心"骡子"花了五万元买来一根可怕的。

你皱着眉头对我们说："滚！全都滚！"

"骡子"，我们好心好意来看你，没有一丁点儿恶意，为什么要我们滚呢？你走红运的时候我们并没有去找你，你现在正倒霉，倒霉的人需要友谊是不是？

"你们根本理解不了我！"你满面红光地说，"我好得很！"

"就冲你好得很，也该把你的烟拿出来，让老同学们过过瘾，那四层眼皮的女记者还把她的美国烟卷扔在炕上，让我们随便抽来着。"

你的脸阴沉起来。好，我们不提那女记者啦，她要是再敢到我们村里来刺探你的情报，我们就劁了她的蛋子儿。她说你跳到护城河里救上了一个小孩真有这事吗？

你摆摆手，把烟撒给我们抽。

这恐怕又是幻觉的继续。

你说："你们不理解我，你们只理解肚子和牙。"

你在门里，我们在门外，我们听到你的声音，如同一条小溪里的流水声：

"……市精神病医院你们去过吗？你们去看过"小蟹子"吗？"

没有，我们没有时间去。她在县百货公司站柜台卖彩气球时"大金牙"见过她一面，"大金牙"说她胖得很厉害，一张大脸白白的，眼睛比她少年时小了许多，"大金牙"说她可能是浮肿。对对对，她原先是卖过磁带什么的，后来"大金牙"说她又去卖气球了。她一手攥着一把气球的线儿，头上飘着两大簇五颜六色，嘭嘭地响。

"市精神病医院门前有一棵大槐树，槐树上有窝老鸹，见人到树下它们就呱呱地叫。你们猜不到我为什么要去看她。医生不让我进去，说她很狂躁，打人咬人什么的。后来我拿出了我的名片给医生，医生说：你就是那个唱歌的呀，你非要见她？那你赶快到街上去买两把气球儿，必须彩色的……

"我举着两把气球儿，像举着两把鲜花，走进了她的病房，她坐在椅子上，手捂着脸，正在那儿叽里咕噜地骂人。医生喊了一声，她把手从脸上拿下来，两眼凶光，好像要跟人拼命。但是她的眼立即柔和了，她看见了气球。她喃喃着,像个小孩子一样偎上来。给我……给我吧……我给了她,她举着气球跳起来……

"现在,你们可以走了吧?"

"滚,都滚,不要惹我发火!"

"耗子"神秘地对我们说,那天你们走了以后,我又回去了。我站在他的门外只敲了一下门,他就把门打开了。他一团和气,穿得整整齐齐,先让我喝了盅满口都香的茶,又让我抽美国烟。我仔细(当然是偷偷地)打量了一下他的那地方,鼓鼓臃臃的,并不像少点儿什么,那事儿怕又是造他的谣言。他对我说这次回来是体验生活,搜集民歌民谣,找了我们几次都找不到,他还说你们有意疏远他。他说你回去跟"黄头"他们说:"骡子"永远变不成马,唱歌的事儿本没有什么了不起,是个人就能。他说在外边混饭吃不能太老实,太老实了就要受欺负;他说回乡后可得老老实实,一就是一二就是二,骗子就怕老乡亲嘛!他问了好多好多事,他说压根儿就没见过"大金牙","大金牙"去京城那些日子,他正在日本国演出呢。他说他很想去看看"小蟹子",只是不知道精神病医院在什么地方。他还说"鹭鸶"这家伙太过分了,怎么可以打老婆呢?"小蟹子"大概是世界上最优秀的女人了，可现在竟被他折腾疯了。

"耗子"说，我还问了他一些早年的事，譬如说摸"小蟹子"的胸脯的事儿、夜里捞羊的事儿。他有些伤感地说：光阴似箭，转眼就是二十年啦。他说那纯粹是小孩子胡闹，根本算不上恋爱的，"鹭鸶"如果连这都不能原谅，那可实在太糟糕了。我是摸了她一下，她跑了，我可吓得没了脉，棍子一样戳在河堤上，只想跳河自杀。第二天上学时，我生怕她告诉了"狼"，"狼"要是知道了我敢摸女生的胸脯，非把我打死不可，她没有告诉"狼"，我心里感谢她，感谢极了。从此之后我再也不赶着羊追她了，也没有羊好赶啦，那只母羊掉到河里淹死了，那只公羊累瘫了。说到这里他和我都哈哈大笑起来。

"耗子"还说，他说他摸"蟹子"时肯定被"鹭鸶"看到了，当时他就恍惚看到一个瘦长的影子在高粱地里晃动。他说他呆立在河堤上，不知过去了多少时间。爹娘的声音伴随着一盏红灯愈来愈近，一直逼到他的眼前。他不动，准备豁出皮肉挨揍了，奇怪的是那晚上爹和娘都变成了菩萨心肠，不打他也不骂他，只是轻轻地问他那只母羊哪里去了。他说母羊滚到河里去了。于是，爹和娘便脱外边的长衣服下河去捞羊。爹高举着红灯笼，生怕被水浸湿了，河里哗啦哗啦响着，爹和娘的身体被灯笼火照得朦朦胧胧，显得很大很大。突然听到娘说：摸到了摸到了！爹举着灯笼凑上去。突然又听到爹和娘的怪叫声一拖很长，灯笼掉在河里，随水漂去。爹和娘挣命般扑腾着爬到岸上来，浑身滚着水。黑暗中看不到他们的眼睛，但能感觉到他们在颤抖。爹扛起瘫在地上的公羊，娘拖着我，飞快地往回跑，直跑得上气不接下气，直跑得爹与羊一样摔倒在地，才停止。娘说：我的亲娘，吓煞我啦！我还以为是咱们的羊呢！谁知道竟是——爹低声说：少说话，"路边说话，草窠里有人"！娘不敢吱声啦。

"耗子"说得满嘴白沫，我们也听累了。

你别说了，既然他不嫌弃我们庄户人，咱们明儿个一块去看他吧。

好！明儿去看他。

九、汽车尾灯的光芒

"骡子"，"骡子"，开门吧，我们拍打着你的门板，我们呼唤着你的名字，你不开门也不回答，昨天"耗子"不是骗我们就是他产生了幻觉。我们很失望地往回走,太阳高升,空气清新,你应该出来走一走,现在田里的活儿不忙,我们愿意与你一起散步,看看我们的墨水河,看看我们的劳改农场新建成的飞碟式大楼。一群剃着光头、穿着蓝帆布工作服的囚犯们在大豆地里喷洒农药,风里有不难闻的马拉硫磷味道。劳改犯里藏龙卧虎,你还记得我们村那栋红色大粮仓吗?那是一个六十年代的老囚犯设计的。那时候我们经常跑到劳改农场的大片土地里去割牛草,一边割草一边看那些老老小小的犯人。警卫战士抱着马步枪骑在膘肥体壮的战马上,沿着田间小径来回巡逻。马上的战士很悠闲,马儿也很悠闲。战士噘着嘴唇吹着响亮的口哨,马儿伸出嘴巴去啃小径上的草梢。我们最喜欢看女犯人。她们也都穿着一色的劳动布工作服,或锄地或割草或摘花。有一个女犯人特别好看,嗓子也好听。她们摘棉花时总要唱歌儿。碧蓝的天上游走着大团的白云,好多鸟儿尖声啼叫。也有战士骑着马在小径上巡逻,但他不吹口哨,他的马步枪大背着,他手里握着一根树条儿,无聊地抽打着棉花的被霜打红了的叶子。犯人们很欢乐,一边摘棉花一边唱歌。她们的歌声至今还在我们耳边上嗡嗡着,你在收音机里唱过她们唱过的歌。我们无论如何也要把你请出来,让你跟我们一起去看犯人干活去,犯人们在劳动时都高唱着你的歌曲。

> 从前有一个姑娘
> 在墨水河边徜徉
> 骑红马的战士爱上她
> 从脖子上摘下了马步枪

失踪好久的"大金牙"突然出现在我们的粉坊里。电灯的光芒把粉坊变得比汽灯时代更白亮。在电灯的光辉下，我们才明白那个四层眼皮记者所说的"汽灯比电灯还要亮"的话是骗我们玩的。"大金牙"好像从来就没逃跑过，他穿得更阔了，京腔更浓了，脚上的塑料雨靴换成了高勒牛皮靴。一进粉坊他就说：

"伙计们，不要问我从哪里来。"

然后他分给我们每人一张名片，每人一支香烟。他再也不脱鞋搓脚丫子泥了，他连坐都不坐，嫌脏啊，小子。他说：真正的好汉是打不倒的，打倒了他也要爬起来。谁是真正的好汉呢，"骡子"算一条！吾算一条！

他说他筹到一笔巨款，准备兴建一个比上次那个大十倍的工厂。这家新工厂除了继续生产特效避孕药之外，还要生产一种强种强国的新药。这种药要使男人像男人女人像女人。除了生产这种药之外，还要生产一种更加宝贵的药品，这种药虽说不能使人万寿无疆，但起码可使人活到三百五十岁左右。

当我们询问他是否见到"骡子"时，他说：见过，太见过了，在京城我们俩经常去酒馆喝酒。

我们一齐摇头。"大金牙"你过分啦，"骡子"回家乡把自己关在屋子里已经好久啦，你不是还写过一封信向他借钱吗？

"大金牙"脸上的惊愕无法伪装出来，他瞪着眼说："你们说什么胡话？发烧烧出幻觉了吧？"

他逐个地摸着我们的额头，更加惊讶地说："脑门儿凉森森的，你们谁也没有发烧呀！"

"老婆"说："你摸摸自己发没发烧！"

"大金牙"说："让我发烧比登天还难！"

该介绍一下"老婆"的由来了。"老婆"本名张可碧，现年三十八岁，男性，十五年前娶一女人为妻，生了一男一女，为计划生育，其妻于一九八四年去镇医院切除了子宫和卵巢。本来女性绝育手术只需结扎输卵管，但"老婆"的老婆的子宫和卵巢都生了瘤子，只得全部切除。为什么我们要把"老婆"这外号送给张可碧呢？只因张可碧父母生了六个女儿后才得到这个宝贝儿子,为了好养,所以可碧从小就穿花衣服、抹胭脂。父母不把他当男孩,他就跟着姐姐们学女孩的说话腔调,学女孩的表情、动作。等他长到和我们同学时,他的父母不准他穿花衣服了,但他的那套女人腔、女人步、女人屁股扭却无法改变了,所以我们就叫他"老婆"。

他的老婆切除了子宫卵巢后,嘴上长出了一些不黄不黑的胡子,嗓子变得不粗不细,走路大踏步,干活一溜风,三分像女七分像男。在这样的女人面前,"老婆"真成了他老婆的"老婆"了。

"大金牙"说:"骡子"富贵不忘乡亲,是个好样的,当然吾也不是一般人物,吾名气没他大,但脑袋里的化学知识比他多。我们被他给打蒙了,听着他胡说,想着我们是不是真的去敲过"骡子"的门?"骡子"是不是真的回到家乡?

"大金牙"说:京城里有一家全世界最高级的红星大饭店,吾和"骡子"在那里边住了三个月。一天多少房钱?不说也罢,说出来吓你们一跳两跳连三跳。

"骡子"活得比我们要艰难得多!是啊,像他这样的人怎么会艰难呢?又有名,又有利,吃香的喝辣的,漂亮女人三五成群地跟着。吾原先也这么说。可是"骡子"说:"大金牙"老哥,你光看到狼吃肉没看狼受罪!名啊名,利啊利,女人啊女人!都是好东西也都是坏东西。就说名吧,成了名,名就压你,追你,听众就要求你一天唱一支新歌,不但要新而且要好。不新不好他们就哄你、骂你,对着你吹口哨,往你脸上扔臭袜子。还有那些同行们,他们恨不得你出门就被车撞死。还有那些音乐评论家们,他们要说你好能把你说得一身都是花,他们要说你坏能把你糊得全身都是屎……他说:我真想回家跟你们一起做粉条儿……

他真能回来吗?我们用眼睛问"大金牙"。

"大金牙"说:吾劝他千万别回来,宁在天子脚下吃谷糠,也不到荒村僻乡守米仓。他咕咚灌下去一盅酒,眼圈子通红,咬牙切齿地说:我不会回去的!我当年就是为了争口气才来这儿的。如果不成功,回去也无用。吾对他说:"骡子",你已经够份了,何必那么好胜,能唱就唱,不能唱就干别的。他又喝了一杯酒,狠狠地说:不!那天晚上他喝醉了,吐了我一身,你们看我这套纯羊毛西服上的污迹,就是他吐的。我像拖死狗一样把他拖进房间,他躺在地板上打滚,一边打滚一边唱歌,那歌儿不好听,像驴叫一样。后来总算把他抚弄睡了,他在梦里还叽咕:"金牙"大哥……我还有一个绝招……等我……那些狗杂种瞧瞧……

他要干什么？我们用眼睛问"大金牙"。

"大金牙"说：他千不该万不该得罪那个女记者。

女记者怎么啦？

"大金牙"说：他的票卖不出去了。他的磁带也卖不出去啦。现在走红的是一些比他古怪的人，嗓子越哑、越破越走红……

这些都与我们没关系，我们只是想知道，他为什么要把自己的……割掉？我们用眼睛问"大金牙"。

"大金牙"说：你们别幻觉啦。

"老婆"说：俺是听俺老婆说他回来了。他那旧房子不是早由村里给他翻修好了吗？俺老婆说那天黑夜里起码有一排的人往他家搬东西，一箱箱的肉，一坛坛的酒，一袋袋的面，好像他要在里边住上一辈子似的。过了几天，俺老婆说：你那个同学把那玩意儿自己割掉了。俺问她是怎么知道的，她说是听街上人说的。你们说这事可能是真的吗？

"大金牙"又跑到粉坊里来了。他说吾刚从"骡子"那里回来。"骡子"拿出最好的酒让吾喝，他说他这次回来之所以不见人，是为了锻炼一种新的发声方法。一旦这种发声方法成功了，中国的音乐就会翻开新的一页。他充满了信心。他还说待些日子要亲自来粉坊看望大家。

他还对你说了些什么？我们用眼睛问"大金牙"。

"大金牙"说：他还对吾说了汽车尾灯光芒的事。他说有一天夜晚，他独自在马路上徘徊，大雨哗啦啦，像天河漏了底儿。街上的水有膝盖那么深。所有的路灯都变成了黄黄的一点，公共汽车全停了，等车的人缩在车站的遮阳棚下颤抖。起初还有几个人撑着伞在雨中疾跑，后来连撑伞的人也没有了。他说他半闭着眼，漫无目的地在宽阔的马路中央走着，忽而左倾忽而右倾的雨的鞭子猛烈地抽打着他的身体，他说我的心脏在全身仅存的那拳头大小的温暖区域里疲乏地跳动，除此之外都凉透了，我亲切地感觉到眼球的冰凉，一点冷的感觉也没有，本来应该是震耳欲聋的雨打地上万物的轰鸣，变得又轻柔又遥远，像抚摸灵魂的音乐——什么叫"抚摸灵魂的音乐"呢？你这家伙——吾怎么能知道什么叫"抚摸灵魂的音乐"呢！吾要是知道了什么叫"抚摸灵魂的音乐"吾不也成了音乐家了吗！"大金牙"的叙述被我们打断，他显得有些心烦意乱。你们都是俗人，怎么能理解得了他的感情！吾只能理解他的感情的一半。他说他在雨中就那样走啊走啊，不知走了几个小时，突然，一辆乌黑的小轿车鬼鬼祟祟地迎面而来，它时走时停，像在收获后的红薯地里寻找食物的猪。它的鼻子伸得很长很长，嗅着大雨中的味道。他说他有点胆怯，便站在一棵粗大的梧桐树边不动。它身上迸溅着四散的水花，从他的面前驰过去，就是这时候，他看到汽车尾灯的光芒，它像一条红绸飘带在雨中飘啊飘啊，一直飘到他脸上。后来，他恍恍惚惚地感觉到那辆狡猾动物般的小轿车又驰了回来，在瓢泼大雨中它要寻找什么呢？雨中飞舞着红绸般的汽车尾灯的光芒，他说他如醉如痴。汽车在行进过程中，车门突然打开了，有一个通红的大影子在雨中一闪。汽车飞快地跑走了。他看到雨中卧着一个人。他犹豫了一阵，走上前弯腰察看，原来是长发凌乱的女人。他问她：你怎么了？她不回答。他再问：你病了吗？她不回答。他再问：你病了吗？她不回答。他伸手去拉她时，她却突然跃起来，用十个尖利的指爪，把他裤裆里那个"把柄"紧紧地抓住了。你们知道不知道被抓住了"把柄"的滋味？那可是难忍难熬。他说他昏过去了。等他醒来时，发现自己已被人剥得赤身裸体。如红绸飘带般的汽车尾灯的光芒在雨中继续飘动。只有雨，街上一个活物也没有，他说他光着屁股跑回家。站在门口他哆嗦着，衣服已被剥光，钥匙自然丢了，没等他想更多，眼前的门轻轻地开了，开门的人竟有点像那个在雨中梦一般出现又梦一般消失的女人。

十、抚摸灵魂的音乐

把六个淀粉团子做完后，夜已经很深了。作坊里的所有支架上都晾上了在电灯下呈现蛋青色的粉丝。我们感到非常累。"耗子"心情很好，从炕头柜里摸出了一包好茶叶，用暖壶里的水泡了，倒到两只大碗里大家轮流喝。村子里时有狗叫，声音黏黏糊糊的，催人犯困。"耗子"拨弄着他那个破收音机，收音机里沙沙响。"老婆"说：别拨弄了，城里人早就睡了。"耗子"说：你简直是个呆瓜，城里人睡得晚，果然收音机里有一阵阵的掌声和嗷嗷的喊叫声。有一个女人在收音机里说：亲爱的听众们，在今天的晚间节目里，我们将为您播放著名现代流行歌曲演唱家吕乐之音乐晚会的实况录音片段……

我们高高地竖起了我们的耳朵，听那女人说：吕乐之早在数年前就以他那充满乡土气息的民歌博得了广大听众的热烈欢迎，近年来，他发愤努力，艰苦训练，成功地将民歌演唱法和西洋花腔女高音唱法天衣无缝地融合在一起,创造出一种世界上从来没出现过的新唱法……他的演唱使近年来走红的流行歌手们相形见绌,他用自己的艰苦劳动和得天独厚的喉咙重新赢得了广大音乐爱好者的爱戴。世界著名的声乐大师帕瓦罗蒂听了吕乐之的演唱后,眼含着热泪对记者们说:这是人类世界里从没出现过的声音,这是抚摸灵魂的音乐……

在一阵阵的疯狂叫嚣中,他唱了起来。他的声音让我们头皮阵阵发麻,眼前出现幻影。他的声音不男不女,不阴不阳,跟"老婆"的切除了子宫和卵巢的老婆骂"老婆"的声音一模一样。

劳改农场那边又响起了也许是枪毙罪犯的枪声。我们是不是站在你家门前敲过门板呢?也许真是幻觉,即便在真幻觉里,我们也感到恐惧。

(初刊于《人民文学》一九八九年第六期)

流　　水

一

在1979年那个风调雨顺、阳光明媚的春天里，八隆县城直达马桑镇的公路修好了。这条公路平坦宽阔，路面上新铺敷的沥青像镜子一样泛着光；公路沿着蜿蜒的八隆河迤逦而来，像一条舒展在大地上的黑色缎带。公路修通之后，闭塞偏僻的小小马桑镇交通便利了，现在要去趟县城，只需在镇西头那儿花五毛钱买张车票，五十分钟便可到达。

那个春天也是马桑镇的安宁生活被扰乱的季节，几乎每天都有新闻在镇上流传。八马公路修通不久，一个消息就在一个夜晚之间像一股风吹遍了全镇：全省最大的甜菜榨糖厂要建在马桑镇了！听说糖厂的所有机器设备都是从外国进口的,还听说糖厂的这个大门口进去甜菜,那个大门口就流出来白花花的白糖;糖厂一天产的糖够马桑镇吃十年哩。这消息使马桑镇好几天像开了锅一样沸腾。那些皱纹爬满面颊、目光浑浊的老头们,面对着一日三变的新生活浪潮,心灵深处产生一种莫名其妙的惶惑之感;那些额头光洁、目光清澈的年轻人,则以一种跃跃欲试的心情渴望着变化,他们自从八马公路修建之日就感到这条路修得来头不小,就开始用五颜六色的彩线编织生活之梦,就开始憧憬马桑镇光辉灿烂的未来。

当然,老人们的惶惑不安和年轻人的热望幻想都是杞人忧天或一厢情愿,因为糖厂究竟是不是建在马桑镇上,一时谁也拿不准,就连镇上的最高领导人马支书也没法证实这个消息,他只是以"或许""大概"之类的遁词来搪塞他的乡民们。

这种折磨人的情景并没有维持多久。大约一个月后,正当三月的春风吹绿了越冬的麦苗,吹绽了马桑镇街道两侧的鹅黄色的柳芽,吹得马桑镇面前汩汩东去的八隆河水如一匹绿色的绸子在阳光下抖动的时候,从黑黝黝的泛着漆光的八马公路上开来了一串大大小小的车辆。据说这是糖厂筹备委员会的先头部队,他们是来选择地址、勘测地形并与当地政府联系有关征用土地等等事宜的。从此之后，八马公路上每天都有呆头呆脑的吉普车来回奔驰，一些耳大面方的干部模样的人，一些鼻梁上架着眼镜的学问人，一些着装入时、模样俏丽，肩上扛着画着红道道黑道道的大标尺，背上背着三条腿的水平镜的大姑娘小伙子，整天在马桑镇麻石铺成的狭窄街道上，在镇子面前高高的八隆河堤上，在镇子后边那平平展展的绿毡绒毯般的土地上，走走停停，指指点点，这里望望，那里挖挖。从这些人的嘴里不时冒出一些生僻词语，这些词语飞到马桑镇居民的耳朵里，使他们大睁开或是惶惑，或是惊愕的眼睛。他们望着这群神秘莫测的人，大脑里的机器訇然开动，各种各样的念头像虫子一样在脑子里爬动，最后，万火归一火，人们都猛然意识到：马桑镇真的要建甜菜糖厂了，马桑镇的日子真要变样了。

几天之后，马支书召开了全镇社员大会，宣布县里的决定："全省最大的甜菜榨糖厂的厂址就选在我们马桑镇后边里远的地方。从今以后，我们马桑镇的人可以放开肚皮吃糖了，马桑镇的日子就要泡在糖水里了……"马支书的话引起了年轻人一阵欢腾，几个小伙子竟然异想天开地问："支书，到时我们可不可以到糖厂当工人呢？"马支书说："这不是不可能的，小伙子们，等着吧，听说咱马桑镇地底下还有石油呢，听说咱马桑镇要建成马桑市呢！到那时候，嗯？哈哈哈哈……"

年轻人坐不住了，纷纷站起来，七嘴八舌地议论开了，会场上吵得一塌糊涂。这些年轻人最近都坐着公共汽车去过几趟县城，有的还从县城坐上火车去了远在几百里外的那个滨海城市，在那里他们开了眼界。想到不久自己也能像城里人一样有滋有味地生活，结束那种"面朝黄土背朝天"的命运，不由得欣喜若狂。

"马支书，我们的地怎么办？我们地里的麦子怎么办？我才追上三百斤尿素化肥，就这么一脚踢腾了？"说话的人是全镇有名的老庄户把式牛阔成。他捏着小烟袋的手在微微打着哆嗦。

"放心吧，牛大哥，国家不会亏待你的。国家，国家能占咱庄户人家的便宜吗？国家指缝里流出点来，就够咱马桑镇过上几十年。"马支书回答道。

"我那麦子可是全镇头一份！每根苗儿都用汗洗过。"

"知道，知道。"

"占了咱的地，咱靠什么活？庄户人没了地，就好比拔出来的小树，几天就干巴了……"

牛阔成这显然不合时宜的忧虑得到了部分人的应和,但立刻遭到了年轻人的反对。这班年轻人中就有他的儿子牛青。牛青是马桑镇上青年中的头面人物,非但长得一表人才,而且多才多艺。他是高中毕业生,没考上大学,只好"屈驾"回乡生产。

"牛大伯,城里人没有地,可你看人家那些姑娘,一个个油光水滑,一点都不干巴。"镇上那个素以调皮捣蛋闻名的小伙子王臣挤鼻子弄眼地对着牛阔成说。

"烧得你!你是城里人吗?"牛阔成反驳道。

"爹,你别在这儿丢人现眼了,你那些老古板思想早就过时了。"牛青冷冷地说。

"小兔崽子,老子丢你什么了?现你什么了?没了地,庄稼种到屁股上?不种庄稼,不打粮食,你喝西北风?"

"牛大伯,让您当工人哩!"王臣说。

"我当工人他老祖宗!"

"是的,工人的老祖宗都是农民。"

"爹,你快回家歇了去吧,国家的事,谁也挡不了。你不愿意管什么用?再说,国家会给咱钱,有了钱就有了一切,还愁没饭吃?"牛青说。

"九斤老太!"一个读过初中的小青年戏谑地插了

一句，逗得满场的青年人哈哈大笑。

牛阔成恼羞成怒地吼道："糖厂占了我的责任田就是不行，我躺在地里，看他敢把我埋了。"

"老牛大伯，您这是螳臂当车。"适才那个小青年又咬了一句文。

"滚你妈的蛋，你少给我撇文，识了几个臭字就不知姓啥了，回家让你爹好好教育教育你。"老牛骂起人来。

会场乱成一锅粥。马支书使劲拍着桌子说："乡亲们，别吵吵了，糖厂建在镇后是铁定了的事。那些麦子，国家会赔咱们的，赶明儿大家就不要往地里花钱使力气了，就这么着。散会。"

二

社员大会开过的第二天早晨，牛阔成一大早就爬了起来，在院子里叮叮当当地修理氨水耧，准备吃过饭去给麦子追肥。他的女儿牛玉珍正在灶上做饭，厨房里热气腾腾，烟筒里的炊烟在玫瑰色的晨光中如铁蛇般盘旋上升。麻雀在院子里的老杏树上吱吱喳喳噪叫。他的儿子牛青端坐老杏树下，全神贯注地拉着二胡，琴声悠长邈远，从小院里升腾起来，然后随着若有若无的晨风飘到很远很远的地方。氨水耧上一个螺丝滑了扣，牛阔成用扳手拧它、敲它，也毫不济事，气得他把扳手一扔，气呼呼地站起来。儿子如痴如呆的神情使牛阔成本来就不晴朗的心情更像蒙上了一层乌云。儿子奏出的曲子本来十分好听，牛阔成在心平气和的时候也确实感到有这样一个会拉琴吹笛弹琵琶的儿子是一种骄傲。牛青从小就跟着镇上有名的音乐师云哥下过苦功哩。前年云哥去世，把全套乐器都传给了他。老牛心情不好，儿子的二胡声在他耳朵里像驴拉着的碾子一样，吱吱嘎嘎地刺耳，他愤愤地说："少爷，你别碾米了好不好？去把氨水耧拾掇好，吃过饭去追麦子。"

牛青对老子的讽刺挖苦仿佛没有听到，反而闭上眼睛，更加入神地拉了起来，曲子像水一样在满院里流动，连树上的麻雀都停止了大声噪叫，偶尔才梦呓般地啁啾一声。正在烧饭的牛玉珍也放下烧火棍，倚在厨房门边，呆呆地盯着哥哥。

牛阔成一把夺过二胡，喝道："你聋了？"

"你干什么呀！"牛青站起来，懊恼地嘟哝着，"怪不得说你是九斤老太，真像，什么都不顺你的眼……"

牛阔成把二胡掼到地上："反了你啦，杂种！翅膀还没硬呢，就敢跟你老子做对头！拉二胡能拉出饽饽来吗？"

牛青心疼地从地上捡起二胡，掏出手绢揩着琴筒的泥土，高叫着："这是云师傅的琴，你凭什么给我摔？"

"凭老子是你爹！"牛阔成扎煞着胡子，眼珠子瞪得溜圆，说，"生了气老子一顿斧子给你劈了。"

"你敢！"牛青紧紧地抱住了二胡。

"你看我敢不敢！"牛阔成伸手去夺二胡，牛青跳到一边。

牛玉珍走上来，说："爹，哥，别吵了，大清早的，也不怕人家笑话。"

"早晚得给你熟熟皮头子，看你还敢跟我作对。"牛阔成骂完牛青，又转身对着玉珍吼道，"还不快去做饭，吃过饭去追麦子。"

"爹，昨晚上马支书不是说过了吗？镇后要建糖厂。"玉珍婉言道。

"他建他的糖厂，我追我的肥！"

"爹，您这不是糊涂吗？"牛玉珍轻声说。

"我就是糊涂！"

"玉珍，别理他，让他糊涂到底吧！"

"你们这些杂种，合起伙来挤对我！你爹养大你们容易么？你娘死时，你们才是些吃屎的孩子，我屎一把尿一把地拉扯大你们，你们就这样待我？"牛阔成动了感情，两只眼圈通红。

"这话你说了一万遍了。"牛青说。

"哥，算了，就随爹的意吧。"牛玉珍劝道。

"花岗岩脑袋。"牛青低声嘟哝了一句。

三

牛家父子别别扭扭地吃完早饭，牛青用小车推着氨水坛、氨水耧来到镇后责任田里。牛家的小麦确实长得好，黑绿色的麦苗儿在晨光中油汪汪地发亮，麦垄儿暄腾腾的，像蒸熟的馒头。地里冒着浅白色的雾气，散发着甘甜的气息。牛阔成深情地注视着这块责任田，心里泛起酸溜溜的滋味："这样的好地建糖厂，作孽啊！"田野里空旷无人，翠绿色的麦鸡儿沿着麦垄蹦蹦跳跳，尖着嗓子鸣叫。镇上传来一只牛犊幼稚而凄婉的叫声。这一切都使牛阔成触景闻声而生惆怅之感。他对这块地有着深深的眷恋之情。年前分责任田时恰恰把这块在入社前曾是他的私人财产的地重新分到他的手里，他的眼泪都流了出来。当时，他伸手抓起一把土，紧紧地捏成一团，嘴唇轻轻地哆嗦着。儿子和女儿用注视神经病患者一样的目光打量着他，女儿问："爹，你怎么啦？"牛阔成答非所问地说："委屈你了，委屈你了……"他把这肥沃的土地当成了受尽委屈重又回到父母身边的孩子，他把他六十岁老头子的汗水毫不吝惜地洒在土地上。但还不到两年，牛阔成还没来得及把这土地稀罕够哩，这里又要建糖厂了。"哪个缺德的，想这坏主意，建他娘的什么糖厂。"牛阔成心里暗暗地骂着。

儿子和女儿在手推车旁磨磨蹭蹭，迟迟不肯把氨水坛子和氨水篓卸下来。牛用心地谛听着麦鸡儿婉转的叫声，并噘起嘴唇，吹出鸟儿叫声一般的口哨，麦垄上，麦鸡儿和他彼此唱和，遥相呼应。牛玉珍睁着毛茸茸的大眼睛，迷惘不安地时而瞅瞅六神无主的爹，时而看看面孔冷漠的哥哥，时而又抬头望望笼罩着镇子的团团炊烟；炊烟像薄薄的纱巾，在空中轻轻拂动。她还听到了八隆河里响亮的流水声……她忽而感到孤独无聊，心里一片空白。

"还等着干什么？让你们来看光景的？"牛阔成又发了火。

牛青极不情愿地解开车上的绳子，猛力一掀车把，四个氨水坛骨碌碌地滚下来，其中一个开了塞子，氨水咕咕嘟嘟地冒了出来，立刻散发出刺鼻辣眼的味儿。牛阔成急步上前，扶起坛子，冲着儿子骂道："你这是干活，还是跟老子发懊？"

"洒了倒利索，省了白费劲。爹，你睁开眼睛看看，糖厂勘测队把灰线都撒好了，用不了一个月就要破土动工。爹，你是不是脑子出了毛病？"牛青说。

"地是包给我的，我亲手按了指印。麦子是我亲手种的，我不答应他们在这儿建糖厂！"

"你不答应，你不答应，地是国家的，不是你的，跟你说了一万遍了。"

"我偏要争争这口气，让他们知道老百姓的辛苦。鸡蛋打人，打不疼也要溅他一身黄子一身腥。"

"那你就去溅吧。"牛青坐在麦垄上，双手托起下巴罢了工。

牛阔成脱下鞋子捏在手里，对着儿子冲过去。牛青机灵地跳起来，避开了牛阔成的进攻。牛阔成再一次冲击，牛青再一次避开。牛玉珍一见爹跟哥动了武，便横在他们二人之间劝架，父子二人围着牛玉珍转开了磨。三个人都累得气喘吁吁。

这时，那群扛着标尺、水平镜的人又从镇中心小学走出来了。牛阔成一看来了人，只好气哄哄地穿上鞋子，蹲在地上抽旱烟。牛玉珍呜呜地哭起来。牛青脸色煞白，下巴骨连连打着哆嗦。

那群人朝着牛家的责任田走来。一个穿着夹克衫、鬓角长长的小伙子喊道："哎，老乡，怎么还来追肥？这儿马上就要建糖厂啦。"

"你建你的糖厂，我种我的地，关你屁事！"老牛怒冲冲地说。

"好一个倔老头子，我是为你好哩！"

牛阔成对着小伙子翻翻白眼，不去理睬他。牛玉珍停止了哭泣，抬起头来看了一眼那说话的小伙子。她的眼睫毛湿漉漉的，唇边上还挂着一滴晶莹的泪珠。这一瞥像电火般地刺了小伙子一下，他双眼直直地注视着牛玉珍，把牛玉珍窘得满脸通红。

三个姑娘嘻嘻哈哈地走过来，牛玉珍羡慕地看着她们那潇洒的小筒裤和随随便便拉出几个波浪的头发，听着她们银铃般清脆的笑声，低头看看自己的瘦腿裤子和垂在胸前的两根辫子，一种自惭形秽的感觉使她低垂下头。

这些青年男女不拘一格、随随便便的潇洒劲儿不但使牛玉珍自惭形秽，也使读过高中的牛青自叹弗如。这种自卑感更加重了他对冥顽不化的老爹的不满，他甩手就走，也不去管那些东一个西一个躺在麦田里的氨水坛子和侧歪在一边的小推车。妹妹一看哥哥走了，更感到面红耳热，那些小青年一次又一次地把火辣辣的眼睛印到她的脸上、身上。姑娘们走上前来，热情地跟她打起招呼：

"大姐，这儿就要建糖厂了，你们还不知道？"

"知道……"牛玉珍嗫嚅着，双手抚弄着那又粗又黑的长辫子。她的脸像桃花般鲜润，眉心之中，还有一颗黄豆般大小的红痣呢。

"大姐，你这两条辫子真好……"

"大姐，你这颗痣长得真美……像比兰德拉王后……"

"大姐，我要是个男的，非娶你不可。"

……

姑娘们近乎放肆地笑起来。

"大姐，往后我们就是邻居了。"三个姑娘当中那个最俏丽的姑娘说。

"你们？"牛玉珍疑惑地问。

"我们都是机修厂的，机修厂垮了台，就把我们分到糖厂了。先来帮助建厂，建完厂就在糖厂工作了。"

"你们占了俺的地，俺以后能不能到糖厂做工呢？"

牛玉珍大着胆子问。

姑娘们感到牛玉珍提出的问题很难回答,便转过头去问那个留着长鬓角的小青年:"吴水,这个大姐想到糖厂做工,你说行不行?"

"当然可以,就凭大姐这小模样儿,糖厂一定欢迎。"

牛玉珍羞容满面,抬腿跑了。牛阔成在后边直着嗓子喊叫,可儿子女儿全不理他。他们各怀着自己的心事,一个走着,一个跑着,最后都消失在那一片青色的房屋之中。

青工们在几个"眼镜"的指挥下,吆吆喝喝地干起活来了。那个叫吴水的小青年抡着木榔头,把一根根涂着红漆字的木桩子楔进牛阔成的麦田里。这一根根木桩仿佛钉进了牛阔成的肉里,那木榔头仿佛一下下打在牛阔成心上。他一阵迷晕,坐在了地上,伸出枯干的手,抚摸着柔软的麦苗儿,两颗含义复杂的大泪珠子,啪嗒啪嗒落到了地上……

四

糖厂施工筹备处的青工们忙忙碌碌地在马桑镇后楔

上了上百根木桩，廓清了糖厂的地界。但当天夜里，这些木桩竟不翼而飞。施工筹备处的一个胖乎乎的领导人大为恼火，他带着一个戴眼镜的小伙子，怒气冲冲地来到马支书家问罪。马支书连声道歉，并一再解释这是偶然现象。因为马桑镇向来民风淳朴，镇上都是老老实实的顺民，政府决定的事没人反对，即使不高兴也不敢搞破坏。这些木桩肯定被谁家不懂事的小孩当劈柴拔回家生了火。马支书说到这份上，糖厂筹备处的负责人也就不好再说别的，大家闲扯了一通糖厂建成之后将给马桑镇带来的好处，便握手告别。

马支书也没开什么社员大会，只是走到麻石街上，扯着嗓子喊了几声："各家各户听着，好生教育教育孩子，不要去拔糖厂的木桩，捉住要罚款的——"牛阔成家紧傍麻石街道，牛青听到马支书的喊叫，心里猛地一沉。他们家里房屋宽敞，爷儿三个每人住一个房间。夜里牛青睡得不宁，似乎听到爹深更半夜起来过几次，也许这坏事就是爹干的。

吃中午饭时，牛青故意对着妹妹说："也不知是谁搞破坏，把糖厂楔的木桩全拔走了，这要是前几年，非按反革命论处不可。"

牛阔成把筷子一摔说："不就几根烂木橛子吗？有

什么了不起的事?"

"烂木橛子?你说得好轻松。这是破坏国家经济建设!"

"你别来吓唬老子!"

"是您拔的?爹?"牛玉珍问。

"放屁,还是你拔的哩!"牛阔成青着脸说。

五

糖厂建设筹备处的人们又用了几天工夫,再次把木桩钉好。这次他们削制的木桩又粗又长,每根都楔到地下几十公分深。负责钉桩的几个小青工一边抡榔头一边骂着那个破坏分子。周围围着一圈看热闹的人们,也都诅咒这个不光彩的破坏者。因为他的缘故,马桑镇老百姓的好名声蒙上了耻辱。前几天,筹备处的小青年清晨到八隆河洗脸,偶尔发现河边有两根木桩,由此断定,这木桩不是孩子拔的,也不是拔了当柴烧,而是有意破坏,把木桩扔到河里,消踪灭迹。糖厂筹备处领导把这个发现跟马支书讲了,马支书还是坚持自己的意见不变。他又沿着麻石街喊了一遍,劝诫人们教育孩子不要去拔木桩,工程筹备处的那位领导人哭笑不得。

勘测划界工作再次结束,筹备处放了一天假,那十几个生性好动的年轻人把马桑镇的大街小巷转了一遍。三个姑娘已经跟牛玉珍混得很熟,走到牛家门口时,那个最漂亮的名叫刘艳的姑娘带着头毽进牛家院子去跟牛玉珍告别,吴水等人也想进去,被刘艳斥退。那几天,牛家院里那棵老杏树已经爆出了豆粒般大小的花骨朵。院子里洋溢着春天的气息。

"你们走了,还回来吗?"牛玉珍问。

"回来,我们回去就要到外省学习安装技术,等到厂房建成,我们就回来安装机器。"刘艳说。

"到那时候,就怕大姐出嫁成了小媳妇啦!"另一个姑娘戏谑地说。

"俺不找婆家,俺才十八哩,俺还等着糖厂招工哩。"牛玉珍脸红红地说。

"你们家就你自己在家?"刘艳问,"你哥哥的二胡拉得盖帽了!"

"啊,你怎么知道我哥哥会拉二胡?"

"刘艳每天晚上都在你家门外偷听,说不定她要给你当嫂子哩。"胖姑娘一本正经地说着。

"该死的,我撕了你的嘴。"刘艳气恼地揪住胖姑娘的发辫,胖姑娘连声求饶。

"大姐——其实该叫你小妹妹,"刘艳说,"我们明天就要走了,再见吧。"

姑娘家好动感情,分手时,牛玉珍两眼贮满了泪水,刘艳她们也有点舍不得这个纯朴而美丽的姑娘。

但第二天刘艳她们并没有走成。因为这天夜里,糖厂筹备处几十个人几天的辛苦劳动果实又被彻底破坏,那上百根木桩子又被拔得干干净净。筹备处的领导人赶到现场,发现每个桩坑前都留下一些熊掌般的大脚印。马支书关于"小孩弄柴烧"的推测不攻自破了。筹备处负责人圆脸都气长了,他再次闯到马支书家大发脾气,坚决要求马桑镇支部,或是马桑镇管委会严格追查。豆粒大的汗珠沁满马支书的额头,他虽然对筹备处负责人的态度不满,可也没法驳回。因为,事情毕竟是发生在马桑镇上,他这个地方官负有责任。

马支书当天晚上又召开了社员大会,要求大家检举破坏分子。会场上,一些粗野的年轻人骂不绝口,扬言捉到这个人一定要送他进班房,为镇上除去这一害。

牛青在会场上一声也没敢言语,这事是谁干的,他心里已有八分知晓。但他又没有勇气揭发,牛阔成毕竟是他的爹。

上午,当糖厂标志再次遭到破坏的消息在全镇传开后，牛青就注意到了爹那双沾满了泥土的鞋子。老头子躺在屋里，呼呼地直喘着粗气。牛青进去对他说："爹，糖厂的橛子又被坏人拔了。"

"拔了好，让他们建。"

"爹，是不是你拔的？"

"是我拔的又咋样？能把老子尿咬去？……更甭说不是老子拔的了。"

这种几乎等于招供的回答使牛青感到又气又怕。气的是碰上这么一个糊涂老子，怕的是一旦事情败露，老头子要受国法制裁，自己和妹妹也要跟着承担恶名。

"爹呀，您老人家怎么能这样呢？您不是说咱家老辈子都是老实人吗？干出这种事，您不为自己想想，也该为自己的儿女想想。地是国家的，不是您的，国家的事，您挡得住吗？"牛青的眼泪几乎都要流出眼眶了。

牛阔成躺在床上默默无语，牛青继续数落。他终于耐不住了，折身起来，吼道："你给我滚出去！我一人做事一人当，你去告你老子好了——你怎么就敢一口咬定是我干的？镇上反对建糖厂的人多着哩。"

"爹，我不说了，随你折腾去吧。你的下场是：捣乱——失败——再捣乱——再失败，直至灭亡。"

牛青跑出爹的房间，拿出二胡，坐到杏树下边，拉起《江河水》来。这曲子本来就缠绵悱恻，催人泪下，牛青又把自己满腹的冤屈都糅了进去，更使得曲子令人不忍卒听。牛玉珍从窗棂里望着面色苍白的哥哥，泪水一串串地挂在腮上……

连续几天的清查毫无结果，牛青到底没有去揭发自己的老子这个重大嫌疑犯。筹备处领导人一天三次催着马支书赶快破案，但在马支书这种典型的油条干部面前，天王老子也没有多大办法。马支书懂得对付上边的一整套战术：软磨硬抗；疲劳战；大事化小，小事化了，最后不了了之。等到筹备处领导醒悟过来，去给县公安局打电话联系时，现场已被破坏得不成样子，公安局就委托公社派出所处理，这事很快就疲疲沓沓地失去了它吸引人的魅力，马桑镇的人又像以往那样照旧生活了，小镇上又是风平浪静。而这时已是四月尽头，杏花开过，桃花又开得灿若云霞，一团团雪花般的柳絮在镇子上飘来荡去。镇后田野里的麦苗已长得没了膝盖，绿油油的一片，十分喜人，只要再等一个半月，小麦就要到手。马支书不去追查拔桩的坏人，反而劝说筹备处领导人把工期推迟一点，等到农民们把麦子收了再说。筹备处领导人坚决驳回了马支书的请求。由于两次破坏，已经使开工日期延拖了近一个月，他们已经受到了批评。

这次，糖厂筹备处领导人学精了。他们估计到这个破坏分子决不会就此干休，便暗布机关，抽出了吴水等四个腿脚矫健的小青年，白天躲在小学校里睡觉，夜晚到麦田去潜伏。这次，他们砍削的木桩一根根都像房檩般粗细，用十八磅的大铁锤一直砸到地下半米深，没有鲁智深的力气是休想拔得出来的。一连四五天夜晚，吴水他们趴在麦田里"守株待兔"，初夏的凉露打得他们衣服湿漉漉的，但是毫无所获，连他们也开始怀疑这样干是不是太冒傻气。最后一夜，终于发现了一个黑影在木桩周围转来转去，四个人一拥而上——吓得一条狗转着弯子跑走了。闹了一场虚惊，四个人哭笑不得。

六

糖厂筹备处终于撤走了。一辆大卡车把那些姑娘们、小伙子们拉上了八马公路。汽车开出十华里光景，筹备处领导人忽然让卡车停住，对着吴水他们四个人面授机宜：让他们先在八隆河堤玩上一天，夜晚再潜入马桑镇后的麦田里。如果这个破坏分子心不死，那他就不会放过这个时机。筹备处领导想得很周到，为四个小青工留下了足够他们吃两天的面包、水果，并嘱咐他们，如果一夜无事，第二天就乘公共汽车赶回县城。

吴水他们四个在八隆河堤上游荡了一天，吃得饱饱的，睡得足足的，等到夜幕降临，便神不知鬼不觉地潜回马桑镇后的麦田里。这种富有惊险色彩的活动十分合这四个小青年的胃口，他们都像警惕的小狼崽子一样，圆溜溜地睁着眼，等着那不知何时出现的猎物。

正是四月末尾，前半夜天空繁星点点，露水很重，后半夜不知什么时辰，一钩残月升上天，使漆黑的夜空变得像鸭蛋色。四个年轻人开始连连打呵欠，浑身的关节像生了锈。这时，从远处传来踢踢踏踏的脚步声。一个人大摇大摆地走过来，走到一个木桩前，抬腿踢了一脚，骂道："奶奶的，我再给你拔光，让你建个尿的糖厂。"他弯下腰，双手抱住一根木桩，吭吭哧哧地拔起来。吴水卷着舌头，学了几声蛤蟆叫。这是要大家不要轻举妄动的暗号，因为筹备处的领导人嘱咐他们一定要人赃俱获。那个拔桩人骂骂咧咧地折腾了半个小时，才把一根木桩拔出来。他一屁股坐在地上，呼哧呼哧地大口喘气。是时候了，吴水一声呼哨，四个人一拥而上，老鹰擒小鸡般地把拔桩人按倒在地。吴水对准拔桩人的屁股就是一脚："反革命，看你还往哪里逃？"他揿亮了手电，照见了牛阔成那张热汗淋淋、沾满泥土的脸。

"哟,倔老头子,是你呀!"

"是我,你们敢把我怎么着?"

"老家伙,你甭嘴硬,有你的好果子吃。"

四个青工拧着牛阔成的胳膊,推推搡搡地回到马桑镇。这时,天色微明,已经有早起的人到八隆河里去挑水。走上麻石街时,青工们得意地挺着胸脯,像四个捉舌头回来的侦察兵,牛阔成骄傲地昂着头,那神情颇像一个失败了的英雄。

抓到破坏分子的消息不到一袋烟的工夫就传遍了马桑镇。人们放下手里的活儿,蜂拥着到小学校里看热闹。在马桑镇人的心目中,拔桩贼一定是个凶强侠气的传奇人物。到了学校教室一看,竟是胡子拉碴的牛阔成。大家都大失所望,有的人甚至向旁边的人询问:"怕是弄错了吧?怎么会是他呢?"

老牛在屋里听到人们的议论,连声分辩道:"是我拔的,是我牛阔成拔的,我不愿意让这鸡巴糖厂占咱的地。"

"这老家伙,简直是不可救药。"一个小青工愤愤地说。

马支书被人从被窝里拽起来,睡眼惺忪地赶到小学校,摇着头说:"老牛大哥,你这不是存心给我添麻烦吗?你就等着蹲班房去吧。"

"蹲就蹲,反正不能让糖厂占了咱的地,马支书,庄户人家没了地,就像孩子没了娘……"

"你呀,老牛,简直是个老混蛋!"

马支书骂完了牛阔成,沿着麻石街,晃晃荡荡地来到牛家院子,扯着嗓子喊:"牛青,你爹去拔桩被捉起来了,快弄点饭送给他吃,老家伙累得都快坐不住了。"牛玉珍听到马支书的话,失声哭起来。牛青不耐烦地说:"嚎什么?让他去蹲几天班房,受受教育开开窍也好!"

七

吴水一大早就给县城挂了电话,兴冲冲地报告了捉住破坏分子的消息。中午时分,一辆小吉普箭一般地驶进马桑镇,从车里钻出了糖厂筹备委员会负责人和两个腰插手枪的白衣警察。一见来了带枪的人,马桑镇上的人才意识到问题的严重性。马支书油汗涔涔,唇干舌焦地向公安局的人解释:牛阔成家三代贫农,对共产党感情深厚,他之所以干出这种事,不过是一时糊涂、鬼迷心窍,望上级从宽处理。马支书的辩护当即遭到糖厂筹备委员会领导人的反对。那位领导人说，糖厂建设即将开始，必须杀只鸡给猴看，否则难保没人去把建成的楼房推倒。

白衣警察什么也没说，只是让牛阔成跟他们去县里一趟。牛家兄妹被马支书逼着来给爹送行，牛玉珍泪痕满脸，牛青脸色阴沉。牛阔成是铁石心肠，见此情景也不免凄惶起来，他说："青儿，爹怕是回不来了，你在家好好种地，好好照顾你妹妹。"

牛玉珍哽咽着说不出话来。牛青见爹到了这步田地还不忘嘱咐他种地，不由得心里又升腾起不满，他说："国法难容，你就去好好受教育吧，家里的事我们知道该怎么干。"

"小杂种，你不是我的儿子。"

开车的司机不愿听老牛啰唆，脚下一踩油门，吉普车屁股下喷着青烟，顺着公路开走了。镇上的人目送着吉普车，一直等到它变得像只小甲虫在路上蠕蠕而动时才收回眼睛。王臣说："老牛大伯好福气，要不怎能捞着坐坐吉普车呢！"

牛阔成是马桑镇上第一个坐小车的人。

果然是"杀人可恕，国法难容"。牛阔成因破坏国家经济建设罪被判五个月的拘役，拘役在县奶牛场执行。消息传到镇上,马支书只是叹了口气,牛家兄妹也没有太大的烦恼,镇上人更不把这当作一回事。马桑镇的生活脚步一刻也不停息,八隆河日夜东流,并不因为牛阔成被判处拘役而有丝毫改变。

八

时间进入五月,马桑镇上最怕冷的老头也脱掉了棉衣,马桑镇周围的堤岸、田野、河流、树木,都是一派生机勃勃的夏天的景象了。糖厂已经破土动工,成群的载重卡车拖着石灰、水泥、砖瓦、砂石,从八马公路上滚滚而来,数百个建筑工人像一股旋风卷进了马桑镇。建筑工人们在工地旁搭起了简易工棚住下来。从此以后,汽车喇叭声、搅拌机的轰鸣声以及建筑工粗野的谴骂便交织成一首恢宏的音乐在马桑镇上空久久不散,已经很难听到八隆河里那哗啦哗啦的流水声了。

糖厂的建筑物在一天天升高,高大的脚手架矗立在镇子后边。那些建筑工们在半空中大摇大摆地走来走去,令马桑镇上的人们为之提心吊胆,但从来就没一个建筑工掉到架子下边来。这年夏天,镇子上因为土地减了大半,人们空闲不少,便三五成群地跑到工地看热闹。关于牛阔成拔木桩搞破坏的事，似乎已经过去了若干年。人们提起这话头，都觉得心头朦朦胧胧，就好像压根儿没这回事似的。

国家为征用马桑镇的土地付了大笔金钱。马桑镇准备用这笔钱在紧傍着糖厂的地方建一个现代化的养猪场。糖厂一旦开工，每天都要产生大批甜菜渣滓，糖渣是养猪的上等饲料。与此同时，国家还赔偿了被毁坏的麦苗，果然应了马支书的预言，老百姓都大大占了便宜。牛家兄妹也领到了八百元的赔偿费呢。领到这笔"巨款"后，素来就被镇上人称为少年老成的牛青忽发奇想，打算在镇上创办一个酒馆，他看准了这是个赚钱的好买卖，尽管他满可以到现代化养猪场去当个小头目，但和猪打交道终究不是个文明差事，更兼他自小就怕听猪叫，一听到猪叫就浑身爆起一片片的疙瘩。妹妹还在做着"糖厂工人"梦，对哥哥的设想不置可否，她只是建议哥哥坐车去趟奶牛场，与爹商量商量，免得老头子回来骂人。牛青没理睬妹妹的茬，反而说："我才不跟他商量哩，我要干出个样儿给他看看。"牛青很快征得了马支书的同意，到公社工商管理所领出了营业执照，就自己动手，将五间房子的四间改成了店堂，留一间给妹妹作闺房，自己就在厨房的角落里搭了一张铺。

为了使老头子回来有个安身之地，又在院里搭起一个简易小平房。他们家临街而住，位置又在镇子中心，是天然的良址。一切准备就绪后，牛青又跑到公社中学去，请他过去的历史老师给写了一块匾额。匾额上"工农酒家"四个大字写得古朴苍劲，气度不凡。每天晚上，牛青拉开电灯开关，这块匾额就在灯光下招徕顾客了。

牛家兄妹俩谁也没有经营过饮食服务业，开始只能是搞点花生米、柳叶鱼之类的简单酒肴小打小闹，但没过多久，牛青就跑到县城买回一大摞烹饪技术书籍，还把一个在商校学习烹饪的同学请来帮了半个月工。一个月后，工农酒家炒出的下酒菜就有色有味，小有名气了。天天晚上，那些满身沾着水泥点子的建筑工都来猜拳行令。

牛家兄妹开了头，镇上人也开始效仿，一批批小饭店、小茶馆、小卖铺也在麻石街两侧因陋就简地开了张。每到晚上，麻石街两侧灯火通明，气氛热烈，马桑镇上几十年来早睡早起的习惯被彻底改变了。

八月过去是九月，镇上已是满目秋色，八隆河堤上密匝匝的槐树叶片已经一片金黄。风吹过来，那些叶片便纷纷扬扬地落到幽蓝的河水里，飘飘荡荡地随波而去。镇外糖厂的建筑物已经初具轮廓，据说不久就要撤架子了。就在这个月里的一天，拘役期满的牛阔成在镇子西头下了公共汽车。这五个月来，老头子在县奶牛场喂牛，这种活儿对他来说是轻车熟路，他干得顺手卖力，颇得好评。奶牛场的工人们并不把他当作犯人看，人们只是把他看成一个糊里糊涂的倔老头子。奶牛场为奖励他出色的劳动，根据有关政策，每月付给他四十元钱作为劳动报酬，至于牛奶、奶酪当然是敞开供应，随他放开肚皮吃喝。五个月过来，老牛竟然胖了，白了，脸上皱纹也浅了，仿佛年轻了几岁。

一进马桑镇，牛阔成感到好像走错了路，这地方竟然变得既熟悉又陌生，他搓着眼睛，在麻石街上彳亍而行。正蹬着自行车去县城办货回来的王臣跟他打起招呼来："哟，这不是老牛大伯吗？听说你在奶牛场当上工人啦？嘀，喝牛奶喝得又白又胖。大伯，你真是因祸得福哪。"

牛阔成骂了几句很难听的话，王臣也不生气，嘻嘻笑着蹿到前头去了。他也开了一个小酒馆，而且正对着牛家兄妹的工农酒家，两家正摽着劲竞争呢。

牛阔成差点没找到家门，要不是牛玉珍从店堂里跑出来把他领进屋，他还要继续在那块富丽堂皇的大匾额下徘徊呢。

牛青正在灶上炸鱼、蒸鸡，忙着为晚上营业备料，看到牛阔成进屋，随便打了一个招呼，又忙他的去了，好像牛阔成不是从奶牛场归来，而是到邻居家串门回来一样。这使得牛阔成心中好不高兴。看到屋里、院子里面目全非，他心里更加窝火。牛玉珍看到老头子脸色不对，便把他领到院子里的小房里，想让他歇歇脚、消消气。这两间小平房虽然小，但布置得漂亮舒适，床上的铺盖全是新的，垫子又厚又软，蒙着洁白发亮的床单，枕头上搭着素雅大方的新枕巾；墙上贴满年画，还有一张外国冰上芭蕾女明星的彩色照片呢。牛阔成终于爆发了："杂种，反了你们了，谁让你们开了这么个黑店？"

"爹，您别生气，这店是我跟哥哥商议着开的。您不在家，要是等您回来，就晚了三秋了。您上街去打听打听，现在全镇都夸哥哥有远见，有胆量，是个好样的哩。"牛玉珍在店堂上应酬了几个月，言谈话语有了巨大的进步。

"你别给我花言巧语，咱家老辈子就是种地吃饭，'千买卖，万买卖，不如下地耪土块'，不正儿八经地种地，想出这歪门邪道。"

牛青忙完了手里的活，封了火，走上来说："爹，我算笔账给你听，去年咱爷儿仨拼死拼活干了一年，满打满算才挣了七百块钱,今年我跟妹妹俩,开张四个月,净赚一千二,你掂量掂量哪头沉?再说,开酒馆办商业国家支持,咱买卖公平,不赚昧心钱,与人方便,自己方便,有什么不好?您辛苦了一辈子,也该歇歇了,从今后,您就到八隆河里钓钓鱼,到街上看看景,吃鱼、吃肉、喝酒,全随你的意。只是有一条,我们不是小孩子了,现如今不比以前了,你要学着开豁一点,少管闲事。"

牛青的话说得牛阔成无言以对,闷着头走进小屋,伸手把墙上那张女人照片撕下来,揉成一团扔到墙旯旮里,吐着唾沫说:"什么玩意儿,弄个光腚猴子贴在我头顶上,怪不得老子这一年没有好运气。"

面对老头子的胡搅蛮缠,儿子女儿一笑置之。

中午饭,牛青施出了全套本事,精心做了六个香气扑鼻、味道鲜美的好菜,打开了一瓶人参蜂王酒,为老头子洗尘。牛阔成嘴里还是嘈嘈杂杂地发表不平之论,但很明显,这不过是一种习惯而已,其中已没有多少真情实感,美酒佳肴早就把他的火给压灭了。吃过饭,他倒在床上,一觉睡到夕阳西下,晚饭他又吃了一只小烧鸡,喝光了中午剩下的半瓶酒,一觉睡到红日初升。从此牛阔成享起了清福,他不得不承认,在一年的搏斗中，他已经被儿子女儿、被流水一样的新生活彻底击败、彻底冲垮了。只是当他到镇上那仅存的百八十亩农田去帮人干点活时，才能泛起对往昔那种汗珠子落地摔八瓣的生活的留恋追忆。他已经意识到一代更比一代会享受、会玩、会吃、会打扮，这似乎是不可抗拒的规律。他心里服了儿女们，但嘴里从来没有认过输。他总是怀着一种忧愁，像把魂儿丢失了。他有时竟逼着儿子拉段二胡给他听，儿子却从来不满足他的要求，那把二胡，挂在墙上，落满了灰尘。

九

一转眼几年过去了。几年来，谁也没去计算八隆河水流过去了多少，谁也没去查看自己额头上增添了几条皱纹，鬓角上生出了几根银发。一句话归总，这几年马桑镇的日月是快马加鞭，日子越来越红火。一切都按照计划如期进行。那年秋天，糖厂机器安装完毕，试车一次成功。八百个青年工人像追赶蜂巢一样追赶着糖厂来到马桑镇。这里边就包括那个曾深夜里设埋伏活捉牛阔成的吴水，他是糖厂炊事班里做饭的，据说曾派他去学过甜菜糖分化验，但他死活学不会，只好当了"伙头军"。那三个曾与牛玉珍建立过友谊的青年姑娘也来了，那个叫刘艳的依然十分俏丽动人，虽说糖厂姑娘如云，但比得上她的容貌的并不多。也是据说，刘艳是县里哪位头头的外甥女，因此她在糖厂的工作是高居于众人之上的。她是广播员，一口纯正甜美的普通话不时在喇叭里响起。那年秋天是个丰收的季节，雨水调匀，甜菜长得又大又光滑，从八月至十一月，八马公路上不分昼夜没断过农民们卖甜菜的车辆，镇上一天到晚挤满了人。几家小饭店、小酒馆根本容纳不了这么多顾客，于是，更多的马桑镇人也转手搞起饮食服务业来，到了糖厂开工的第二年，马桑镇的麻石街已经成了一条商业街，各类商店一应俱全。与此同时，马桑镇上那个现代化养猪场也建成了，糖厂泄出大批渣滓便宜得要命，使得马桑镇这个养猪场几乎是一本万利。马桑镇富了，富得很快全县闻了名。这时候，镇子上专门从事农业生产的人不多了，剩下那百八十亩地也变成了蔬菜地，包给了几个专业户。一到冬天，地里就支起了一个个塑料大棚。鲜红的西红柿，鹅黄色的韭菜，青翠的柿椒竟能在寒冬腊月里摆在麻石街上叫卖。马桑镇的生活节奏在加快、在洋化，青年工人与青年农民在同化。如果单从穿着打扮上，的确很难分清谁是工人谁是农民了，农民们穿得甚至比工人们还要阔气。但从做派上,从气质上,这两类青年还是有很大的差异的。镇上一些小伙子姑娘尽管千方百计地各方面向糖厂的年轻人看齐,小伙子虽然也是一律的喇叭裤、花格衫,姑娘们也烫起了卷发,透明的衬衫里边也露出了十字交叉的武装带,但那股土气、那股俗气总是去不掉。

这几年里,牛阔成没有多大进步,他最明显的变化是发了胖,脸上那一层干燥的老皮已蜕去,换上了一层油光光的嫩皮。他自知管不了儿子、女儿,但也决不肯放弃议论骂人的权利,有时甚至还干出了一些比深夜拔木桩聪明不了多少的事情。

十

马桑镇上是天然的好风光,那条窄窄的麻石街、街旁袅袅的柳丝就够美的了,但最美最迷人的还是八隆河堤。站在大堤上能将无边的旷野尽收眼底,令人心旷神怡。满堤长着槐树,四月末五月初槐花开得雪海一般白,香气袭人。八隆河水更是绝妙无比,它永远是那么清澈发亮,连夏天的暴雨季节里也不浑浊。河水的颜色还随着季节发生变化哩,春天碧蓝,夏天碧绿,秋天幽蓝,冬天还能结上一层薄薄的冰凌，在阳光下折射着七彩虹光。

糖厂的青年们喜欢成群结队地往河堤上跑。由于糖厂是三班倒，所以，八隆河堤上一天到晚都响着青年人的欢声笑语。这些人天天从麻石街上穿来穿去，有的花枝招展，有的愁眉苦脸，还有一对对的热恋者在街上挽着胳膊漫步，男皮鞋的铁钉，女皮鞋的高跟打得麻石街橐橐而响。这一切都使牛阔成心里像吃了苍蝇一样别别扭扭。到了夏天，马桑镇燠热难耐。以往的老规矩是，八隆河是男人的天下，女人是没有资格下河洗澡的，晌午头甚至都没有到河堤上去乘凉的权利，因为满河是一丝不挂的男人。那时，也有大胆的女人夜晚偷偷下河洗过澡，但几乎每次都受到砖头瓦块的袭击，有时还被人把藏在槐树林里的衣服偷跑。自从糖厂青工来了以后，这多少年的老规矩被彻底地摧毁了。八隆河里，男人的一统天下被妇女们挤了进来。以刘艳为首的糖厂姑娘们，穿着五彩缤纷的游泳衣，像一群天鹅般地冲下了河。八隆河里花花绿绿，姑娘们洁白的皮肤银子般地炫目。牛阔成他们再也不敢下河洗澡了，河里成了年轻人的天下，更准确地说是糖厂青年的天下。因为连王臣这样一些脸皮比城墙还厚的小青年，对于男女混杂的场面也感到不习惯，畏畏缩缩地不敢下水，只躲在槐树林里看热闹。单单洗澡倒也还罢了,最令牛阔成感到不可忍受的是,这些男女青工们洗完澡后,竟穿着仅能遮丑的游泳衣穿街而过,回糖厂宿舍才换衣服。

牛阔成联络了几个老头子找到马支书,让他出面干涉。马支书说:"老牛大哥,你真是吃饱了没事干,正经的事还够我管的呢,我还去管这些鸡头鸭腚的烂事,得了,得了,回去吧,看惯了就顺眼了。"

老牛在马支书那儿碰了一鼻子灰,便决心自行其是。一天中午,他手持一根木棒,拦在街头对着那些长发披肩、浑身滚水珠的年轻人说:"滚回去,骚娘们,从镇外绕着走,别腌臜了这条街。"

姑娘们惊愕地看着这横眉竖目的老头,不敢前进了。几个"骑士"冲上去,一膀子把牛阔成撞了个趔趄:"老不死的,靠边站。"

牛青见爹又在当街出丑,连忙出来把老头子拖回家,说:"爹,您又糊涂了!还想去奶牛场喂牛是不?"

"老子看不惯!这些小婊子,下三烂。"

"说这些脏话也不脸红,看不惯别看。"牛青没好气地顶着。

"爹,人家洗澡,碍你什么事,现如今男女平等嘛。"牛玉珍也插言道。

"完了，完了，马桑镇的风水被这些臭娘们给败坏了，败坏了……"牛阔成在儿女们的联合夹击下，由盛怒变成了哀鸣。

他当然不甘罢休，明着不行就来暗的。他跑到田野里采来一筐子蒺藜狗子，撒得满街、满河沿都是，扎得那些赤着脚的姑娘小伙子哇哇乱叫。老牛躲在自己的小屋里一边咬牙一边笑。

但这种把戏就像他拔木桩一样，很快就被抓住。青工们对他说："老狗，要不是看你女儿长得像尊观音，非摁到河里灌死你不可。"

牛阔成撒蒺藜的事在镇上成为笑料，被人奚落了好些天。他作为新生活浪潮中的绊脚石形象在糖厂里也大名鼎鼎，谁都知道马桑镇上有这么一个顽固不化的老怪物。以刘艳为首的糖厂姑娘出于一种报复和恶作剧的心理，竟连续几天光顾工农酒家，来劝牛玉珍下河洗澡去。

牛玉珍羞答答地不答应。

"妹妹，你没试试在水里游泳那个舒服劲儿，走吧，去试试，要是在水里洗掉你身上的灰，你会更白、更漂亮。"姑娘们劝说她。

"俺爹怕要打死我呢。"

"他不敢，都八十年代了，他还敢耍封建家长威风？他要真敢打你，我们就联名到县妇联告他。"

"我没有你们那种小衣裳……"

"这个好说，我正好有一件多余的。"

刘艳马上跑回宿舍，拿来一件红绸子游泳衣送给了牛玉珍。

几个姑娘七手八脚地帮牛玉珍换上衣服。牛玉珍低头一看自己的形体，羞得头都抬不起来了。姑娘们连拖带拉地把牛玉珍架着跑了。

牛玉珍一下河，引起了一阵骚动，吴水高声喊道："比兰德拉王后，欢迎你！"

满河里的青工发疯般地泼起水来，水花像珍珠般地飞溅。

那天中午，牛阔成睡起午觉，坐在杏树底下懒洋洋地打着呵欠。自从小青工要把他摁到河里灌死后，他再也不敢去撒蒺藜狗子了；穿游泳衣的女人见多了，也就见怪不怪了。他连打了几个呵欠，抬起手背擦擦眼睛。突然，眼前红光一闪，一个雪白如玉的女子竟走进了他家院子，定睛细看，这女子竟是玉珍。老牛抽出屁股下的马扎，对着女儿就摔过去。玉珍一闪身躲过了，跑回自己屋里，关上了门。老牛在院子里破口大骂，他无论如何也没想到自己家里竟然也出了这么一个妖精。他找来一条绳子扔在女儿窗前,骂道:"不要脸的货,你今天夜里就用这根绳子吊死吧,我不愿意再见你。"

牛玉珍经过八隆河的"洗礼",勇气增添了不少,她对着窗户说:"你让我死,我偏不死,我要好好活!你这个老糊涂、老糊涂……娘啊,你怎么去得那么早呢?撇下女儿受窝囊气……"

牛玉珍在屋里放声哭了起来。

牛青对妹妹的举动基本上是赞同的,青年女工能下河洗澡,农家姑娘就不能吗?他走到爹跟前,说:"爹,您老了,老了,青年人的事少管。"

"叛逆,叛逆!我真不该养你们。祖宗的脸都给你们丢尽了。"

牛阔成躲进小屋感触万千地喝起闷酒来了。牛青正要转身进屋,耳边传来了"哧哧"的笑声,抬头一看是刘艳她们躲在门外边对着他扮鬼脸呢。他不知是羞是惭,脸唰地红了。

十一

到了八二年夏天,大姑娘小伙子下河洗澡,洗完澡水漉漉地从麻石街上穿过，这已经成为马桑镇夏日生活的一个必不可少的点缀，成了马桑镇夏景的一个有机构成部分，自从牛玉珍做了第一个勇敢的下水者之后，镇上的小伙子也学着青工的样子，穿着尼龙小裤头下河洗澡了。这是一个重大的进步。以前马桑镇上的男人下河洗澡都是脱得赤条条的一丝不挂。在八隆河里，工人和农民的差别进一步缩小，镇上农家子女的"土气"已经被八隆河的水洗得差不多了。几年来，连镇上的口音也潜移默化地发生着变化。过去马桑镇上"r""y"不分，"人"读成"银"，"c""ch"混淆，"吃"说成"龇"，现在可不了，连镇东头那个连续读了五年一年级的小傻瓜也卷着大舌头学说着普通话呢。一句话，马桑镇被彻底改造了，青年人正在用文明的精华和文明的垃圾冲击着马桑镇旧日的生活。

正是这时候，那批三年前还是十六七八岁的姑娘们已经到了如花妙龄，是找对象寻佳婿的时节了。马桑镇上和牛玉珍年龄相仿的姑娘少说也有二十几个。这些姑娘当中的百分之八十都被糖厂小青年娶走了。一时间，马桑镇上丰收了一批倒插门的女婿，糖厂房子紧张，青工的住房都在镇上姑娘家。牛玉珍是马桑镇上的"皇后"，自然成了糖厂青工们追求的对象，至少有十几个小伙子向牛玉珍献过殷勤，在某种程度上牛玉珍每晚上"当垆卖酒"也成了"工农酒家"买卖兴隆的原因之一。青工们尽管都想象着娶到牛玉珍这个桃花般艳丽的村姑的幸福，但最终获得胜利的竟是那个曾经活捉过牛阔成并在牛阔成屁股上狠踹了一脚的吴水。这件事的确有点出人意料，因为在一般人眼里，吴水这个流里流气的小东西实在不算是个好人。牛青早就看出了玉珍与吴水眉来眼去，曾经提醒过她："玉珍，你嫁给个青工我不反对，但要选准了人。吴水不是货色，你当心上他的当。"

"哥，我的事不用你管。"

"我没管你，只是提醒你。厂里那么多有学问的小伙子哪个不比吴水强？吴水是个做饭的，模样也一般。"

"我也是个做饭的，你也是做饭的。"

"你看他那大鬓角、小胡子。"

"我喜欢。"

"他油腔滑调整天唱乱七八糟的歌子。"

"我愿听。"

有钱难买"愿意"，事情就是这么稀奇古怪。

牛玉珍爱上小青工吴水并非事出无因。事情恐怕要追溯到牛家父子到麦田里追氨水那天上午。那天，吴水作为第一个带"洋味"的小伙子形象闯入了姑娘的心头。他的懈里咣当的做派、故弄玄虚的咋咋呼呼都给当时只有十八岁的牛玉珍留下了深刻的印象。吴水身上有那么一股美国西部牛仔的剽悍旷达之气。这股牛仔气使吴水明显区别于农村土头土脑的小伙子，使牛玉珍这个十八岁的少女心里升起一种朦朦胧胧的感情。这恐怕就是最早埋下的爱情种子。后来，吴水几乎每天光顾"工农酒家"，他的一举一动，他经常挂在嘴边的那首"啊朋友再见，啊朋友再见吧……"的南斯拉夫电影插曲都成了催发牛玉珍心中爱情萌芽的和风细雨。但事情发生质的飞跃还是在一个月光明媚的夏日的夜晚，牛玉珍在八隆河堤上乘凉，从槐树林里突然钻出几个小流氓来纠缠她。正当她吓得浑身乱颤、话也说不出来的时候，吴水不知是从天上掉下来的，还是从地下冒出来的，突然出现在大堤上。他三拳两脚打得那几个小流氓落荒而逃。她情不自禁地扑进了吴水的怀抱……这究竟是不是个骗局很难断定，但自从这一晚上之后，牛玉珍心中对吴水的爱情萌芽便迅速长成了爱情的大树。

牛玉珍爱上吴水，这对于糖厂青工和马桑镇的青年农民都是一个不大不小的震动。刘艳甚至找到牛玉珍进行过个别谈话，奉劝她慎重地对待恋爱婚姻问题。镇上的青年农民更是不满，他们互相埋怨无能，骂镇上的姑娘眼眶浅，不值钱，是农民阶级的叛徒。有几个心气高一些的小伙子甚至想分化瓦解糖厂姑娘的阵营，娶来几个青年女工作为对糖厂青年男工的报复。但这些努力很快变为泡影，因为青年女工们对马桑镇上的小伙子压根瞧不起，她们说："嘿，这些又土又洋的傻帽儿，想得怪美气。"小伙子们碰了钉子之后，联合起来去找牛青拿主意。牛青对他们说："当你口袋里揣着一个十万元存折的时候，她们就会像苍蝇一样来缠你。"从此，为"十万元"而奋斗就成了马桑镇青年农民的一个心照不宣的目标。

十二

这几年，镇上的酒馆饭店终于发展到了饱和的状态，各家的生意便相对萧条起来。于是，在经济法则的支配下，这些年轻的小店主们便或明或暗地展开了竞争。最先想出高招的是牛家兄妹酒馆对面的王臣。他买了一台四喇叭录音机，托糖厂小青工从上海、青岛等地灌回了一些港台流行歌曲；一到晚上，便开足音量大放，麻石街上回响着港台歌星如哭如笑、若说若唱的歌声。这一招果然有效，王臣的酒馆挤满了人，相对的牛家兄妹的酒馆便冷落下来。虽然牛玉珍自从和吴水谈上恋爱之后变得更加鲜嫩和洋气十足，但还是抵不住那荡魂迷魄的歌曲的魔力。这一段时间，牛家兄妹的经济收入降低了。牛青很快就托人去买了一只立体声带电脑的录音机，吴水为了换取牛青的好感，自告奋勇，托他在广州的大表哥给牛家兄妹搞来了几十盘香港原声磁带，这一下确把王臣给盖了。于是，牛家兄妹的生意又成了全镇最兴隆的了。

牛阔成自从洗澡事件之后锐气渐渐消减，除了偶尔还发几句关于糖厂与青工的牢骚外，对青年人的事已不是十分关心，连女儿与吴水谈恋爱的消息传到他的耳朵里时，他也只是一般地在口头上咋呼几句，表示他决不会忘记吴水踢青了他的屁股之仇，此外，行动上并没有多少表示。儿子买回来这么一台录音机，营业时当然大放，不营业时，牛玉珍也反过来倒过去地听，吵得牛阔成昼夜不宁。他忍不住又提抗议了："青儿，珍儿，你们行行好，别放这些嚎丧的歌子了，我一听就浑身起鸡皮疙瘩。"

"爹，我也不欣赏这些低级下流的曲子，可有什么法子？这是竞争。"

"哥。你怎么也变成老保守了？这歌子怎么是低级下流的呢？多好听哪！"牛玉珍说着就哼唱起来，"我的亲爹叫人害怕，他待我真够严厉哪，不许我游逛到天黑，不许我跟光棍少年玩耍，只要能使你小伙子高兴，我可不管爹爹他的话……"

十三

仅仅是一眨眼的工夫，八马公路躺在八隆河畔已是第五个年头了，糖厂投产也已经三年了。

这是春天里的一个上午，时间是四月，天上飘着牛毛细雨，马桑镇上雾气蒙蒙，麻石街两侧的垂柳枝条低垂，一动不动。工农酒家院子里那棵花朵繁盛的老杏树也在时浓时淡的雨雾中沉睡，时而有一片两片花瓣儿无声无息地落在湿漉漉的地上。

这天，糖厂的机器没有开动，据说是一个耗子钻进了配电室，造成了严重事故，致使全厂停产。这突然的沉寂使马桑镇上显得沉闷压抑，人们都感到心里少了一点什么似的坐立不安。

工农酒馆里没有顾客，牛阔成一大早就跑到镇西头茶馆里跟老头子们下棋去了，店堂里只有牛家兄妹相对而坐，哥哥在按着电子计算器算账，妹妹在编织着一件色彩艳丽的毛线衣。

牛玉珍突然又感到一阵翻肠搅胃的难受，便跑到门外，哇哇地呕了几口，然后面色苍白地回到店堂。这种现象已经有些日子了。

"病了吗？"牛青关切地问。

"不舒服。"牛玉珍掏出小手绢沾着眼里的泪水。

"病了就去找医生看看，别拖着。"牛青疑虑重重地盯着妹妹说。

"哥……"

"嗯？"

"哥呀，我有了……"

"有什么？"

"孩子……"

牛青仿佛挨了电击。

"你干的好事！……是吴水的吗？"

"嗯。"

"小子，我饶不了你！"

"哥，你别去找他……是我愿意的。反正我早晚要嫁给他。"

"那你就快滚，别待在家里丢丑！"

"怨我吗？怨老糊涂的爹，死活不同意我嫁给他。"

"这下谁也拦不住你了。"牛青沮丧地说。

"其实这也算不了什么事,吴水说,外国都这样。"牛玉珍按下录音机的按键,店堂里又响起了软绵绵的歌声:

> 喝完了这杯
> 请进点小菜
> 人生难得几回醉
> 不欢更何待……

"行了,别听了!"牛青捶着脑袋说,"我真混蛋啊!"

当天下午,牛青跑到糖厂宿舍,把吴水揪着耳朵拖出来,吴水吱吱哇哇地乱叫:"大哥,牛大哥,你要干什么?"

"跟我走,我有话跟你说。"牛青板着脸说。

"什么话?就在这儿说吧。"吴水心里有点发毛。

"跟我走。"牛青大踏步地朝八隆河堤走去。

登上大堤,牛青站住脚,等到吴水也气喘吁吁地爬上堤来,对准他的脖子就是一拳。吴水一屁股坐在地上。

"牛大哥,你干吗抬手打人?"

"小人,别跟我装糊涂!说,你是怎么欺负我妹妹的。"

"嘿嘿,我以为啥事哩,我们不过是玩玩罢了。"

"她怀孕了!你这个混蛋!"

"怎么会呢?"

"吴水,我就这么一个妹子,她是我从小背着长大的……你要是敢甩了她,我跟你有算不清的账。"

"大哥……你说怎么办?"

"你们赶快结婚!"

"厂里没房子……"

"我出钱帮你们盖。"

"多谢大哥成全。吴水要是有个三心二意,天打五雷轰!"吴水得意地跑了。

雨渐渐大起来,八隆河深蓝色的水面迸开无数银色的小小水珠,不时有一条银色的鲢鱼跃出水面,溅起一簇簇小浪花。牛青木木地站在河堤上,雨点打湿了他的衣服,打湿了他的头发。他目光阴郁地漠视着蒙在雨帘中的马桑镇,漠视着糖厂高大的烟囱冒出的团团黑烟,那些黑烟凝成一团重浊的烟云,笼罩在镇子上空,久久也不消散。

十四

当天晚上,工农酒家大门紧闭,不少想到这儿打发雨夜寂寞光景的青工吃了闭门羹。雨丝横飞过来,抽打着那块白底黑字的店牌,水珠儿顺着牌子扑簌簌地滚下。

"牛掌柜,开门哟!"

"比兰德拉王后,开门哟!"

几个小青工在门外狂呼乱叫。然而,回答他们的只有淅淅沥沥的雨声。青工们无奈,只得挤到对面王臣的店堂里。王臣店里铺面窄小,几十个人挤得满满登登,满地都是鞋底沾进来的烂泥,屋子里烟雾腾腾,空气混浊。王臣那几十盘破旧磁带早已磨损得不像样子,发出一阵阵"哧哧啦啦"的声响,像一个老太婆在上气不接下气地喘息。坏天气使人心情郁闷,听腻了的歌声加重了人们的烦躁,有几个小青工竟为了点鸡毛蒜皮的小事抡起拳头来。

但正在这时候,从对面工农酒馆里突然传来了一阵委婉动听的民间音乐。这是二胡在独奏。起初那几个旋律有点枯哑生涩,像是因为蟒皮受了潮,又像是乐师手法生疏,但很快,曲子就明亮发脆了。雨天气压低,乐声被压迫得只能贴着地面飞旋。一个青工走上前去,关掉了录音机,于是,那民间音乐便一无遮拦地飞了进来。这是一种什么样的曲子哟,颤颤巍巍,洋洋洒洒,忽而亢奋,忽而低沉。这使那些被一唱三喘气的歌子把耳朵磨起老茧,心里长满了绿锈的年轻人们顿觉耳目一新,那一只只迷迷瞪瞪的眼睛通通放出了亮光。

第二天晚上,绵绵的春雨停了,大块的云团在空气中飘动,一钩新月挂在八隆河堤岸的槐树梢上。工农酒家依然没有开门,青工们千呼万唤也无人答应,只好再到王臣酒店里坐着等那音乐再次出现。他们没有白等,但这天晚上传出的已不是二胡声,而是急雨般的琵琶声。

第三天晚上的唢呐声使几个感情脆弱的小青工鼻子溜溜地酸。

第四天晚上笛声清脆,箫声呜咽。

人们听着音乐,越来越感到陷入重重迷雾之中。工农酒家发生了什么事情呢?连续几天颇赚了几个大钱的王臣更是百思不得其解。牛青这个精打细算的家伙,难道突然发了神经?放着钱不捞,却捣鼓起这些丝竹老古董来了。自从工农酒馆开张以来,谁都没听过他的音乐,他的音乐才能几乎都被人忘记了。

不久,镇上就传开了牛玉珍即将和吴水结婚的消息。牛青托马支书从中斡旋，买下了镇西头余寡妇那三间多余的房子，并请人修缮粉刷。这简直是爆炸性新闻，震动得镇上人晕头涨脑了。好几天，人们猜不透比花岗岩还要坚硬的牛阔成怎么会妥协让步，把女儿嫁给不但踢青了他的屁股而且像颗怪味豆一样的吴水。后来，几个目光锐利的大嫂揭开了谜底，她们发现牛玉珍那变化了的腰身和脸上出现的古怪花纹，断定牛玉珍已不是个姑娘，而且肚里已经有了"文章"。这些都作为丑闻、要闻使全镇家喻户晓。糖厂姑娘也知道了这件事，她们的心情很复杂，很惶惑。刘艳想起五年前她在牛家院子里和玉珍的谈话、玩笑，想起了牛玉珍天真地做着"糖厂工人"梦，以及后来当真来托她说情想进糖厂当个工人的事，她还想起了下河洗澡，想起了流行音乐……她好像看到了一条河……

十五

生活的魔方真是变幻无穷。如果现在到马桑镇上去，即使顺着麻石街走上十个来回也找不到那家酒馆了。现在，麻石街上最有名的是一个"民间音乐酒家"，薄利多销，生意相当兴隆。

牛玉珍结婚之后又搬了回来，她已经是个标准的大嫂子了。她和吴水生的那个狗崽子一样调皮捣蛋的儿子满店堂乱窜。看门的牛阔成老汉不得不经常抓住他，叮嘱道："老实待着，别打扰你舅舅演奏。"

店堂正中，皮鞋晶亮、裤缝如刀的牛青正在屏气息神，酝酿感情，为他的听众表演。马支书已被撤了职，他也经常挤进店来，眯缝起胖成一条缝的眼睛如醉如痴地听音乐。有时候，听着听着他就打起呼噜来，哈喇子挂在下巴上，像春蚕吐出的丝。

如果在马桑镇街上走，也许能碰到吴水。他还是大鬓角、喇叭裤，只是像个大人了，他是个做爸爸的人了。

如果你常到"民间音乐酒家"来，也会发现，新近升任了糖厂团委书记的刘艳还是常常来牛青家，说是找玉珍玩，但又多半在那儿听音乐。也有人猜说她和牛青的事，不过似乎没什么进展，不知因为什么。

如果你感到这一切都无多大意思，那么你到八隆河堤上去看流水吧。如果时令是五月初，河堤上槐花凋谢，水面上仿佛落了一层雪，使你看不出河水在流动哩。

（一九八三年九月于延庆）

扫帚星

开篇

几句客套话后,年轻的小报记者拘束地坐在雪青色的真皮沙发上。他的身上好似长了刺,屁股在沙发上不安地扭动着,发出吱吱的声音,听起来很不文雅。记者羞红了脸,欠了一下身,不敢再动。他从手提包里摸出了一管口红和一瓶香水,递给她,说:"这是我托朋友从巴黎带回来的,请笑纳。"她接过礼物,看看牌子,说:"不错,谢谢你。"她打开香水瓶子,喷一点在手背上,举到鼻下嗅嗅,满意地说:"到底是法国货!"然后她又拧开口红,让那嫩红的芯子伸伸缩缩。她的眼睛时而含情脉脉,时而略带嘲讽地盯着记者。记者干咳了几声,抬起头,结结巴巴地问:"听说,您有一个奇怪的诨名，叫作——'扫帚星'？"

咯咯咯，一串笑声，像母鸡叫蛋一样，从她的嘴里喷出。然后她羞答答地抬手掩了一下嘴巴。然后她搓手。然后她正襟危坐，双膝夹紧，神情严肃，略带嘶哑、富有磁性的话语滔滔而出。

第一章　从诨名说起

这个诨名奇怪？你真的认为这个诨名奇怪？"少所见，多所怪，见了骆驼说马肿背。"不瞒你说，咱家的诨名多多，"扫帚星"只不过是其中最普通平常的一个。如果你把这也说成奇怪，那么，"狗不吃"怪不怪？"雪兔子"怪不怪？"乌鸦嘴"怪不怪？"奸棍子"怪不怪？"二尾子"怪不怪？还有起码五六七八个，一个更比一个怪。你不要以为咱家这些诨名是随便瞎起、没有意义的，不，咱家的每一个诨名后边都跟着一串儿故事，就像老母鸡屁股后边跟着一群小鸡，就像老母狗后边跟着一群小狗，就像老大娘后边跟着一群子孙，就像老将军后边跟着一群士兵。你想知道人们为什么叫咱家"扫帚星"？听咱家对你慢慢道来。你是一个翩翩少年，唇红齿白，彬彬有礼，让咱家看着顺眼，心中愉快。你也许不知道,自打咱家做了十七次手术,实现了多年的理想,今日是头一次接受记者采访;你当然知道,想采访咱家的小报记者像苍蝇一样多。咱家接受你的采访,是你的幸运,是你的光荣。你不必说那么多肉麻的话,咱家喜欢你才这样做。咱家决心帮助你,给你提供一个成名成家的机会,希望你成名成家后不要忘了咱家才好。当然,忘了也无所谓。这个世界上,寡情薄义的基本上都是男人,咱家被男人欺骗得太多太多,再多一次又有何妨?咱家的脚指甲刚涂了蔻丹,不愿意起动,麻烦你请你帮咱家把针线笸箩拿来,咱家一边绣花一边与你谈话。

她微微欠了一下身,接过了用白柳条编成的绣花笸箩。

她仿佛漫不经心地扯了一下白色的长裙,遮住了略嫌粗大的膝盖,展现出光滑无毛比女人还女人的小腿。

两只脚白生生,鲜红的趾甲亮晶晶,好像宝石,好像十只鬼鬼祟祟的小眼睛。

右脚腕上套着一条金链子。

白色的丝质长裙上,在胸口那儿,也就是女人们的宝贝那儿,如果她也有的话,看样子鼓膨膨的像是有,啊，当胸那儿用红绒线绣着一朵梅花。她的丝裙开胸很低，露出了那两根纤弱的锁骨和十分逼真的乳沟。

她的长长的脖子很光滑，这是一般的变性人都要用心遮掩的地方，她却毫不顾忌地袒露着。据说为了消灭这个喉结就动了两次手术。

下巴尖尖的，没有胡须，但还是能看出曾经有过胡须的痕迹。

腮上有两个很大的酒窝，人工的痕迹很重；但的确漂亮。

明亮的灯光照耀着她。

她慵懒地仰靠在沙发上，拿起绣花绷子，煞有介事地绣了几针后，就点上了一支又细又长的女士香烟，老练地吸起来。

拿烟的手指翘成了兰花模样。

她的嘴唇有点厚，尤其是上嘴唇，仿佛肿胀似的往上噘着。这样的嘴唇如果生在一个男人嘴上会让这男人显得满脸蠢相，但生在女人嘴上就显得很生动很性感。那唇上涂着一层紫红唇膏，像成熟的野葡萄。

她的牙不甚齐，两颗门牙之间有一道缝。为了矫正这缺陷，她的牙上戴着一副珐琅质的牙套。

"如果你把我当成一个'人妖'，那就滚你妈的蛋！"因为戴着牙套，她说起话来有点含糊，"本来，在没摘牙套之前我发誓不见任何人的，更不要说接受记者采访。"

"不敢，不敢，我把您当成姐姐……"

咱家这就对你说说"扫帚星"的事，小伙子，打起精神，集中精力，不要把咱家的话漏掉，咱家今日对你说个痛快，这样的机会对你来说千载难逢。当然，你当然可以录音。

1968年3月27日晚上，咱家在黑龙江边蛤蟆屯出生。那天天空晶明，气候寒冷，小北风从墙缝里往屋子里钻。咱家不是神，咱家是凡人，咱家是凡人当然就不可能知道出生时的情况。咱家现在对你说的，都是咱祖母对咱说的。那时咱家没有摄像机，没有摄像机自然也就不能把咱家出生时的情况录下来。遗憾？当然遗憾。不用你说咱家也知道这是很大的遗憾。等咱家生孩子时请你来把全部的过程录下来。社会在发展，人类在进步，前辈的遗憾，绝不能在后辈身上重演。咱家做变性手术的全部过程都录了像，待会儿如果你有兴趣，可以放给你看看。等咱家生孩子时你愿意来给咱家录像吗？哈哈哈，你真是个孝顺孩子，咱家喜欢你这样善解人意的男孩子。你要不要喝点什么？你在不断地舔嘴唇，别不好意思，咱们俩谁跟谁？想干什么就说，就像在自己家里一样。

祖母说咱娘细腰丰乳，皮肤光滑，头发像三江平原上的泥土一样黑得发蓝，肥得流油。为了给咱爹选媳妇，祖母躲在温泉后边的树林子里，端着苏联红军留下的望远镜，整整观察了三天。周围十几个屯子里的大闺女，让咱祖母看了一个遍。咱先给你说说这个温泉。这温泉名叫神女泉，天上的仙女常来这里洗澡，想当年牛郎就是在此偷看了织女，并偷走了她的衣服，成就了一桩天上人间的美好姻缘。温泉坐落在凤凰山后边的一个小山包的正顶上，好像一个大碗的形状。一股股的泉水，冒着热气，散发着浓浓的硫黄气味，从碗底冒上来，五冬六夏，从不间断。温泉的周围，生着茂盛的树木，有红云杉、黄菠萝、紫椴木、白桦树、黑桦树……这里终年郁郁葱葱，老春时节，灌木枝条上点缀着团团簇簇的花朵，五彩缤纷，香气袭人。温泉里腾腾上升的水蒸气驱散了寒冷，形成了一个独特的小气候，北国的小江南。从咱家到温泉要走十几里山路，那可是真正的崎岖小路，要不断地分拨开生着硬刺的灌木枝条才能行走。路面上满是野牲口的脚印；灌木枝条的针刺上挂着野牲口脱落的冬毛。你要小心看着脚下,免得踩了野猪粪或是狍子屎。梅花鹿?当然有。还有马鹿,麋鹿。黑熊?有黑熊,不但有黑熊,还有一大堆关于黑熊的故事。老虎?当然有老虎,没有老虎的山林算什么山林?不过老虎轻易不到离屯子近的地方来。它是山大王,自然隐藏在深山老林之中,就像皇帝躲藏在金銮殿里。老虎孤独高傲,独来独往;其实它很怕羞,像一个名门闺秀。她不愿见人,尤其不愿见男人。男人一肚子污泥浊水,肉是酸的,血是咸的,老虎吃了闹肚子,所以老虎连男人的肉都不吃,加上调料蒸熟了端到它的嘴边它都不吃。老虎实在饿急了要吃人,也要找一个年轻肉嫩的女子吃,最好是处女。每年的农历四月初八日,黑龙江、松花江、乌苏里江,大江小江都开了江,沟沟壑壑里运行着桃花水时,周围屯子里的大闺女都要到温泉里来洗澡。洗去猫了一冬积存在身上的灰垢,没找婆家的就清清爽爽地找婆家,找好婆家的就干干净净地结婚。闺女们都知道,在这三天内,温泉周围的树林子里,埋伏着许多给儿孙相亲的老娘们。这是公开的秘密。闺女们为了给自己未来的婆婆留下个好的印象,或是为了尽早地被选中,都把这三天的洗浴看成登台表演,自然也就把温泉及温泉周围看成了舞台。

话说咱祖母拄着一根稠李子木拐棍儿,脖子上挂着一架苏联红军指挥官用过的高倍望远镜,晃动着小山一样的身体,气喘吁吁地,用木棍分拨开青的蓝的紫的红的一律湿漉漉地努着芽苞的灌木枝条,向着神女泉进发。她的嘴里嘟嘟哝哝地骂着脏话,既不是骂人,也不是骂动物,更不是骂植物。骂脏话是咱祖母的一个生活习惯,如果咱祖母不骂脏话了,那么她一定是死了,因为即使在睡梦里她的嘴巴也舍不得闲着。咱祖母的血管子里有一半蒙古血,所以她的双眼细眯,额头扁平,两边的颧骨高高鼓起,好像两个明亮的橡子面小饽饽。杜鹃枝条悠悠晃晃地敲打着咱祖母的脑袋,锦鸡儿枝条拨弄着她的膝,越橘枝条的尖刺扎破了她的额头。清凉而苦涩的灌木丛气味熏得她不断地打喷嚏。咱祖母的喷嚏都是从丹田打出来的,十分地雄浑响亮。听她打喷嚏你绝对想不到她是一个老娘们。听她打喷嚏你会认为她是一匹膘肥体壮的母马。咱祖母说她打了一个响亮的喷嚏,忽听到眼前发出一阵低沉的呜咽,定睛一看,一头灰色的老狼,蹲在路上,挡住了她的去路。咱祖母说那头老狼骨架庞大,坐在被灌木枝条遮掩住的泥泞小路上,好似一座小庙。它的半截尾巴像一把破炊帚,弯曲在一丛红花鹿蹄草旁边。它脱离了群体,满脸的孤独神情，一看就知道是个倒霉蛋。咱祖母富有山林经验，深知这种离群野兽的厉害。它的肚子吱吱地鸣叫着，说明它已经很久没吃东西，腹中饥饿难捱。咱祖母知道这种饥饿孤独的老狼胃口特大，一次能吃掉半头牛。她说她没有害怕。她说她只是感到心脏像野兔子碰门一样碰着肋条。她说这不能算害怕。她说一个过惯了山林生活的人如果见了匹老狼也害怕，那就是没出息的孬种，这样的人当了共产党必定要投降国民党，当了国民党必定要投降共产党。她说她没有后退半步，她说如果你后退半步，老狼就会腾身跃起，恰似一道闪电；不等你醒过神来，你的脖子就被它咬断了。然后它就用爪子豁开你的肚皮，先吃你的五脏六腑，接着吃你的肉，最后连你的骨头也嚼碎了咽下去，连半点骨头渣子也不会剩下。她对着老狼微笑着，好像狭路上碰到了一个久别的故人。咱祖母微笑罢了，就破口大骂："张三张三，日你亲娘，日你亲亲的娘！"对，咱们这些从山东省迁到关东来的人，都管老狼叫张三。她一边骂着一边挥舞着手中的拐棍："去年你这个狗日的偷吃了我家一头猪，那是你奶奶我养了一春一夏加一秋的猪，肥得连十步路都走不了；你奶奶我本想把这口猪杀了过个肥年，谁承想竟被你这个狗日的给赶走！你狗日的本事真够大的竟然能把它赶得飞跑！你狗日的用嘴咬住它的耳朵，用你那条该砍掉的扫帚尾巴抽打着它的屁股，一溜小跑就进了山林。你狗日的与我那猪简直像是多年不见的相好，我那猪连一声都不叫就跟着你窜了！你吃了我的猪，害得我一家过了一个清汤寡水的瘦年，害得我一春天肠子里缺油。我正要找你算账，想不到你个狗日的自个送上门来了！"她对着老狼大声喊叫，老狼身体不动，硕大的脑袋对着咱祖母频频点动。她说她以为自己的话已经让老狼的良心发现；老狼点头，说明它正在反思错误，并进行严肃的自我批评。她心中暗喜，举起拐棍，几乎戳到了老狼的鼻子。"既然认错，那就给我乖乖地滚蛋！"但老狼依然不动，只是点头。"点你娘的什么头？难道还要让俺用棍子擂着你你才肯钻进山林吗？你这就叫敬酒不吃吃罚酒，奶奶我脾气不好，沿着黑龙江一溜十八屯都有名，你最好不要惹恼了我，惹恼了我你就要倒血霉！奶奶我连老毛子和小鬼子都不怕，难道还能怕你这头瘦狼？俺也不用拳打你，俺也不用脚踢你，俺只要一腚蹾在你腰上，就能把你蹾瘫了。你以为俺不知道？你们这些东西，是铜头铁腿麻秆腰，擒贼先擒王，打狼先打腰！"她说简直是大白天见了鬼，那狼竟然将两条前腿一蜷下了跪，你说奇怪不奇怪？咱祖母退后几步，又退后几步,把拐棍架在灌木枝条上,端起垂挂在胸前的望远镜,熟练地调整好焦距,将老狼套进镜中。俺的个天!她说,那头老狼被猛然地放大了二十倍,脑袋像一个大号的柳斗,连狼脸上的每一根毛都看得清清楚楚。咱祖母说,老狼黄色的眼睛里,竟然流出了眼泪。她心里充满了感动,说:"你这张三,这是怎么个说辞?不就是头猪吗?你吃我吃都是吃,吃了就吃了,用不着下跪。奶奶我不是那种鸡肠小肚的女人,奶奶心比天宽,虽然不是宰相,但肚子里也能撑开火轮船,算啦,赦你无罪,起来吧!"但那老狼还是跪着不起来。咱祖母说:"这就邪了门了,你到底怎么了?实在不行俺就让你吃了,你也别哭。俺心软,看人哭都要跟着流泪,何况是狼哭……"咱祖母唠叨着,用望远镜仔细地观察老狼。她看到,狼的鼻子干干的,狼脸上的灰毛被眼泪湿了两片,狼眼角上沾着眵,狼耳朵耷拉着,它还浑身哆嗦呢。咱祖母恍然大悟道:"明白了,你这鬼东西,是病了吧?可俺也不是医生,治不了你的病,要不你就跟着俺回家,俺给你熬一锅姜汤,你喝了姜汤,蒙上被子,发一身透汗,也许就好了……"老狼张开了大口,祖母说:"你张口是什么意思?是要吃我吗?"狼张着口不回答。咱祖母端起望远镜,往老狼口里这么一看,看到老狼的咽喉深处,横卡着一根银簪。

咱祖母说她的心里一阵冰凉,想起了屯子里许老疙瘩的新媳妇被狼吃掉的故事。她放下望远镜,抓起拐棍,在老狼的脑袋上狠狠地敲了一记,只听得嗵的一声响,像敲在了铁砧子上,果然是狼头似铁,名不虚传。咱祖母怒道:"杂种,那新媳妇是你吃掉了?"老狼点点头,两粒大泪珠子啪哒啪哒掉在地上。"那是一个多么水灵的小媳妇,"祖母说,"隔着皮能看到里边的汁儿,老疙瘩还没稀罕够就被你个狗日的给祸害了!可惜啊,可惜!要是让老疙瘩碰上你,非活剥了你的皮不可。你吃头猪,叼只羊,咬死头牛,都不算罪过,可你吃了一个大活人,你糟蹋了咱黑龙江边上最美丽的女人,让我怎么解救你?滚吧,受去吧!"祖母想走过去,但老狼拦着她不让路。咱祖母仰起脸,望了望咱黑龙江边蓝得透明的天,叹了一口长气,念了一声阿弥陀佛,说:"罪过,罪过。"便把那只像老树根一样的手伸进狼的咽喉,将那根深深扎进狼喉的、发了黑的银簪子拔了出来。她端详着银簪,连连叹息,然后将银簪插在脑后的发髻上。老狼对咱祖母点点头,灰溜溜地钻进灌木丛,恰似一条鱼游进了大海。

祖母来到温泉边,坐在一块被繁茂的胡枝子掩映住的石头上。石头上长满苔藓,形状如一个硕大的猴头。她抬起衣袖擦了擦满头的冷汗,从肥大的衣襟内摸出烟锅子,挖上一锅子烟,用大拇指压紧,将烟锅子叼在嘴里,掏出火石火镰引火绳,啪啪啪,打着火,点着烟,嗞嗞地吸一口,两股浓烟从她鼻孔里喷出,好似二龙吐须。吸完这锅烟,她就把老狼的事抛到脑后,端起望远镜,跪在湿漉漉的地上,透过灌木的枝条,逐个观察温泉中的大闺女。几十个大闺女在温泉中嬉水,欢声笑语,闹活了山林。咱娘的身体在泉水中起伏着,好像一条兴奋的大马哈鱼。咱祖母的望远镜把咱娘套住后,就再也没让她逃脱过。咱娘的背上有一块铜钱大的红痣,这是唯一让咱祖母不满意的地方。但咱祖母想到除了咱爹谁也不可能看到那块红痣,也就不吹毛求疵了。咱祖母说她选媳的标准第一是要有一个肥而不腻的屁股,所谓的肥而不腻其实是指不但要丰满而且还要有弹性。第二个标准不用咱家说你也能猜到,当然是要有一对馒头似的奶子。第三个标准是要有一个细腰,不但要细,还要软,像弹簧一样。不用多说,咱娘满足了咱祖母的三个条件。

在温泉周围的树林子里,埋伏着十几个老娘们,活像一些蹲碱场的老猎手。但她们都没有咱祖母那样一架高倍望远镜。她们一个个大睁着昏花的老眼，不断地用袄袖子擦着累出来的眼泪。她们在这一点上吃了亏。如果她们每人都有一架高倍望远镜，咱娘还不知道是谁的娘呢！

说时迟，那时快，闺女们洗浴完毕，上岸穿衣。咱祖母没等她们穿好衣服就冲到了她面前。那些老娘们也跟着冲到了她们面前。祖母站到咱娘面前，一把就抓住了她的手。咱娘的脸顿时红了，像一个热乎乎的粉皮鸡蛋。咱祖母捏捏咱娘的屁股，捏得咱娘吱哇乱叫。咱娘的屁股像苏制"米格"飞机的尾巴一样往上翘着，这样的屁股永远不会塌下来，即便生上十个孩子也不会塌下来。生着这样的翘屁股的女人必定像梅花鹿一样善于奔跑，在兵荒马乱的年代里，善于长途奔跑，对一个年轻貌美的女人来说，比什么都重要。祖母拍拍咱娘的屁股，满意地说："好！"然后祖母又摸摸咱娘的奶子。奶子也是一等一的好奶子，尚未经过男人手，还没发起来。祖母当过接生婆，知道什么样的奶子中用不中看，知道什么样的奶子中看不中用，更知道中用又中看的奶子百里难挑一对。自然，咱娘的奶子就是这样的中看又中用的好宝贝。咱娘的身体丰满得像一头小海豹，但她的脸看上去却很清瘦。一条高高的脆骨鼻子，鼻尖略有点鹰勾；一张唇角上翘的菱角嘴，天然地带着三分笑意；一个突出的光额头，没有一丝皱纹；还有两片白耳朵，耳垂子肥嘟噜的。这些都让祖母非常满意。她拉住咱娘的手不松开，让那些也看好了咱娘的老娘们无从下手。祖母问："闺女，你是哪个屯的？"咱娘看着祖母胸前那架气派不凡的望远镜，回答道："俺是凤凰屯的。"祖母说："好好好，凤凰屯里出凤凰！你是谁家的闺女？""俺是老吕家的闺女。""你爹是吕大棒槌？"祖母呵呵地笑着，说，"怪不得呢，原来是吕大棒槌的闺女！不是吕大棒槌，谁能做出这样的好货！"咱娘不高兴地说："大娘，俺爹大号叫作吕成仙！""知道，知道你爹叫吕成仙。俺不但知道你爹叫吕成仙，还知道你娘叫真惠子，你就是那个小杂种！"咱娘恼怒地说："你这个老杂种！"祖母笑道："骂得对极了，咱家的确是个老杂种。咱家就喜欢有气性的杂种，最不喜欢蔫人，哪怕他是纯种。回去对你爹说吧，蛤蟆屯老金家那个老杂种看上了你这个小杂种，三天后就去定亲！"咱娘说："您也该问问俺愿意不愿意！"祖母说："愿意也得愿意，不愿意也得愿意，你回去问问你爹，咱家跟你家，是什么样的交情！"

"对不起,我很想知道您的祖母是大脚还是小脚……"

"你疯了吗?你的脑子是进了水还是生了虫?"她尖刻地嘲讽着,"先生,我刚才说的事情,发生在1966年,那时,咱的祖母,四十岁才出头。像她那个年龄,在关里,也许还有裹脚的,但在咱黑龙江边,天高皇帝远,流行的是大脚婆娘。另外,你不要一听到咱祖母挂着一条拐棍就以为她老了,不对的,她挂拐棍是为了探路、防身、打草惊蛇,关东山的蝮蛇,开春时喜欢盘在路上,看上去像一坨牛粪,被它咬上一嘴,那就是九死一生!"

咱祖母人高马大、性格豪爽,是风风火火闯关东的角色。有了这样的祖母,咱祖父必然就是个三脚踢不出屁来的蔫人。如果不是这样,他们的日子就过不下去。咱祖父姓金,名荣,外号金花鼠。他个头不高,小脸精瘦,下巴上生着几根黄胡子,一对小黑豆眼,永远是那样滴溜溜地打转,仿佛随时都准备钻到洞里或是跳到树上躲灾避难。

咱祖母从温泉那儿选媳回来,推开木栅栏院门,就大嗓子喊叫:"累死了累死了,小金快给俺烧盆洗脚水。"咱祖母管咱祖父叫"小金",原因吗,咱家猜想是因为祖父体积较小。

祖父正在咱家那个宽大的可以跑马的院子里点种向日葵。每年的秋天,咱家的院子里就是一片向日葵森林。黄花如盘,盘盘相连,在太阳下黄成了一片海。

祖父咕嘟着嘴,扔下镢头,走进灶间,拖过一个大木盆,揭开木锅盖,抄起葫芦瓢,就往木盆里舀水。

祖母满意地说:"你还真行,知道咱家回来就要烫脚。"

祖父咧咧嘴,问:"选定了吗?看你这样子就知道选定了。"

祖母坐在马扎子上,脱掉鞋袜,撸上裤腿,把两只脚架在盆沿上,试试探探地往热水里放。她的嘴里发出嘶啦嘶啦的声音,这说明热水烫得她既痛又舒服。她抬起头,笑逐颜开地看着小金,说:"杀死你你也想不到,我给咱儿子选了个什么样的媳妇,好东西,真是好东西!活脱脱一匹小海豹!你更想不到她是谁的闺女,凤凰屯的,凤凰屯里出凤凰。想不出吧?她爹是吕大棒子,她是吕大棒子的老闺女!"

咱祖父吭吭哧哧地说:"老吕的闺女,那当然好……可是……"

"可是个啥?!"

"老吕解放前当过胡子,真惠子又是个小日本……现在的社会,讲阶级呢……"

"屁!"祖母恼怒地说,"老魏头家阶级好,家里陈着两个瘌痢头闺女,讨来给咱儿当老婆,你愿意?"

"你这是跟俺抬杠呢。"

"就是嘛,"祖母说,"废话少说,赶明儿个杀猪蒸馒头,三天后去老吕家定亲!"

三天之后的凌晨,咱家的马车沿着江边的大路向凤凰屯进发。所谓大路,只不过两米半宽。初春天气,冻土尚未融透,路面上泛滥着半尺厚的烂泥。咱家的马车被三匹大马拉着,拖泥带水,艰难行进。起初,祖父舍不得打马,马就偷懒,速度一慢,大车的胶皮轱辘就被泥水吸住了。祖母夺过红缨大鞭子,站在车辕上,将大鞭抡圆,抽出一个个脆响,打了梢马打辕马,而且专打马耳朵,马痛得要死,怕得要命,不敢不使出吃奶的力量拉车。大车跑起来,获得了惯性,克服了泥水的吸力。烂泥被甩到大路两边。尽管远处的山头上还是白雪皑皑,但路边的林子里已是春意盎然。这里的大树早被砍光,稀疏地生长着一些衰弱的桦树与柞树;灌木趁机撒野狂长,显摆着一副小人得志的姿态。听咱祖父说,退回去一百年，咱黑龙江沿江两岸全是茂密的原始森林，几乎是清一色的参天红松，个个都像顶天立地的英雄好汉。江风刮起来，那真叫松涛澎湃，一路澎湃下去，从小兴安岭到大兴安岭，从锡霍特山到长白山……嗨，那时候，那时候，其实咱祖父也没从那时候经历过，他看到了原始森林被毁灭的过程，但他没有看到大森林没被开发前的浩瀚壮阔。大路有时紧傍着江边前行，坐在车上，可以看到江中翻滚的米汤般的春水。这些水都是从深山老林里流出来的雪水，是森林的洗澡水，是大山的洗头水，是老虎的洗脚水。所以这江水中充满了生命的气息，健康，野性，生气勃勃。

咱祖父裹着有点不合时令的老羊皮袄，阴柔地蜷缩在大车厢里，在那头褪光了毛、染红了耳朵和额头的肥猪的前边，在那筐贴上了红双喜的大馒头的后边。死不瞑目的猪散发着生冷的油腻气味，又白又胖的馒头散发着甜丝丝的面引子气味。咱祖父眯着眼睛，想着久远的往事，其实他想了些什么咱家并不知道。但咱家硬要说他想了什么他也没法辩驳。他已经死了三十多年，他生前是唯一的爱我的人，咱家每每想起他来，就感到鼻子发酸。

太阳从江水中升起来了，很快就跃上林梢。咱家的三匹大马已经大汗淋漓，仿佛刚从江里爬上来的。在清冷的林间空气里，马汗的气味格外浓重。咱家那块的空气，完全可以装进袋子里拿到北京上海出售。那是什么样的空气啊，无法跟你说清。出售新鲜空气，这是完全可能的，你可以想想，退回去二十年，你跟人说，可以把山里的泉水装进瓶子拿到城里出售，多少人会骂你脑子出了毛病，可现在，没有矿泉水城里人就不能活。这里的矿泉水，比起咱家山林里的泉水，只能算作刷锅水。呸，人就是这样怪，宁愿在城里吃苦折寿，也不愿到乡下去享福添寿。

太阳三杆子高时，咱家的马车驶进了凤凰屯。马腿上、马肚皮上，溅满了黑色的泥浆，弄得原本俊美的大马肮脏不堪。

凤凰屯与咱蛤蟆屯一样，也是沿江而建，也是正中一条大街，街道两边，坐落着一些泥墙草屋。咱姥姥家的大院子坐落在屯子的东头。咱家的马车一进屯，祖母和祖父就看到一群脚穿桦皮鞋的孩子，踩得街上的泥水呱呱唧唧响着，向屯子东头跑去。他们一边跑，一边大声喊叫着："杀人啦！杀人啦！吕大棒槌杀人啦！"

在孩子们身后，从街道两边的屋子里，又蹿出一些成年的男人和女人。他们当中几个年轻的男人，有的提着长柄的大斧，有的举着亮晶晶的杀猪刀。

祖母和祖父相互看看，脑子里肯定都是迷迷糊糊。愣了一会儿神，祖母说："大老远来了，不能就这样回去。再说了，既然要和人家结亲，亲家有难，咱不往前靠谁往前靠？"

祖父不置可否地点着头。

祖母摇鞭催马，让咱家的马车，像一条大船，把大街犁成了两半，黑色的泥浆，向两边飞溅，甚至溅到了街边大树的树梢上。街道两旁人家养的狗，目送着咱家的马车狂吠，但没有一条敢追上来。

等马车赶到咱姥姥家院子外边时，事件已经基本结束。祖母和祖父看到，咱姥姥躺在地上，衣衫破烂，浑身是血，那张原本就很白的脸现在更白，简直就是一张白色的糊窗纸。据说咱姥姥是一个典型的日本美人，细长的白脖子，蓬松茂密的黑发，鸭蛋形脸，弯弯的眉毛，细长的眼睛，还有一个丰满的小嘴巴。这样的一个日本美人怎么会嫁给吕大棒槌这样一个粗人，成了咱家的姥姥，说起来话就长了，咱还是先把眼前的事情说说清楚。咱娘跪在咱姥姥身旁，放声大哭。咱娘哭啥呢？咱娘哭着诉说："娘啊娘，您可不能死啊，您死了闪下俺可怎么活啊……"

咱姥爷吕大棒子双手抱着头坐在那个粗大的椴木墩子上，他的周围，散乱着一些刚劈开的杂木橛子，一柄大斧，立在他的身旁。

还有一个重要人物，坐在咱姥姥家的院子里，像个小孩子一样呜呜地哭着。在他的面前，躺着一支戴着红卫兵袖标的胳膊。血从他的断臂处，像小泉眼一样，一股股地往外蹿。这个人一头白发，一张年轻的小瘦脸。这人外号柳白毛，虽然满头白发，但年纪不过二十出头。他是咱县卫生学校的学生，造反当了红卫兵司令。他原本是凤凰屯的一个孤儿，吃着百家奶长大。他吃没吃咱姥姥的奶咱就不知道了，但据咱娘后来对咱祖母说，柳白毛没上卫生学校前，咱姥姥和咱姥爷对他相当不错。他的过冬衣服都是咱姥姥亲手替他缝制。那年他得了眼疾，双眼肿得像红桃子似的，咱姥爷到深山老林里打了一头黑熊，挖出熊胆，喂他吃了，治好了他的眼。要不是咱姥爷，这小子早就成了瞎子。咱姥爷为打这只黑熊，差点送了性命。那只黑熊足有二百公斤，站起来比人还要高。咱姥爷一枪没把它打死，它顺爪拔出一棵小树，拖着小树就冲到了咱姥爷的面前。咱姥爷举枪欲再给它一家伙，可这熊抡起小树，一下子就把姥爷砸趴在雪地上。然后他就给咱姥爷一爪子，将他的棉衣豁开，豁去了他胸膛上一块肉皮。咱姥爷山林经验丰富，闭上眼装死，黑熊坐在他的身边，仔细地观察。咱姥爷屏住呼吸，从眼缝里看着黑熊，他那胸膛，痛得要命，痛死也不敢哼哼，一哼哼就没有活路，这是肯定无疑的事情。黑熊肚子上中了一枪，血和肠子往外涌。痛得这东西直哼哼。咱姥爷悄悄地把匕首从靴筒子里抽出来，像一条打挺的鱼，一跃而起，将匕首扎进了黑熊的心脏。关于黑熊的故事实在太多，如果有可能，咱家今后给你说说。譬如说黑瞎子追你，你千万要顺风跑，顺风跑，黑瞎子的眼睛就被它脸上的长毛给遮住了，如果你顶风跑，黑瞎子眼睛明亮，你根本不可能逃脱。现在的城里人骂人，动不动就说："瞧你笨得像头熊。"这是不了解熊，熊笨吗？否，它一点都不笨，它智力超群，行动敏捷，可以与森林之王老虎打个平手。因为打了黑熊，违犯了国家法令，咱姥爷差点被抓进班房。可咱姥姥和咱姥爷做梦也没想到这小子会恩将仇报。

柳白毛恩将仇报，一大早就带着一群红卫兵杀到了咱姥姥家的院门外。当时，咱姥爷正在院子里劈桦子，咱姥姥正在灶间里烧火做饭，咱娘还在睡懒觉。咱娘后来对咱祖母说，她刚从炕上爬起来，就听到院子里一阵呐喊。她卷起窗户帘儿，看到一群臂戴袖标的人，在柳白毛的率领下，撞开了咱姥姥家的柴门，一窝蜂般拥了进来。咱姥爷站直腰，抬起袖子擦擦额头上的汗，看定了柳白毛，说："狗剩，是你呀。"柳白毛的脸红了，可能是因为咱姥爷叫了他的不太文雅的乳名让他在卫校同学面前丢了丑。堂堂司令，名叫狗剩，的确不像话。他的几个同样是臂戴红袖标的女同学低声笑起来。咱姥爷又说："狗剩，你不是在卫校学医生吗？怎么拉杆子当了胡子？"柳白毛身旁一个留着小胡子的男孩大声说："老汉奸，不许你侮辱我们司令！"咱姥爷愣了一会儿神说："司令？谁是司令？"小胡子指着柳白毛说："这是我们'战龙江'造反兵团的司令，柳司令。"姥爷看看柳白毛，冷笑不止，然后问："我说狗剩，你这司令是谁封的？"小胡子理直气壮地说："毛主席封的！"柳白毛也说："对，是毛主席封的！"姥爷笑道："真是好大的口气！说大话也不怕闪了腰。"然后姥爷就开始劈他的桦子。一斧下去，碗口粗的红松圆木喀嚓分成两半。又一斧下去，一半分成了两半。姥爷的蔑视态度，让红卫兵们恼羞成怒。柳白毛往前跨了一步，板着脸对姥爷说："吕大棒槌，我们'战龙江'造反兵团，今天要把日本特务茅野真惠子就地正法，为被日本帝国主义杀害的抗联烈士报仇！"姥爷把大斧猛地砍进木墩子里，怒道："杂种，我看你们谁敢。"柳白毛突然从怀里摸出了一支手枪指着姥爷，说："吕大棒槌，尽管你们家帮过我，但爹亲娘亲不如毛主席亲。为了捍卫毛主席，无论什么亲情，都必须舍弃，对不起您啦！"柳白毛身边那个小胡子男孩，也从怀里摸出了一条枪，瞄准了姥爷。小胡子说："吕大棒槌你敢动，就打死你！"姥爷说："狗剩，还有没有王法了？！"柳白毛说："革命无罪，造反有理！"柳白毛身后的红卫兵们一齐高呼："革命无罪！造反有理！革命无罪！造反有理！"柳白毛一挥手，手持棍棒的红卫兵嗷嗷地号叫着，冲进了灶屋，抓住咱姥姥的头发就往外拖。咱姥姥不走，他们就用棍子打她的腿。咱娘冲上前保护咱姥姥，被一个眉清目秀的女红卫兵当胸打了一拳，打得咱娘哇了一声，一屁股坐在了地上。咱姥爷大吼一声，刚想往屋子里冲，柳白毛这坏蛋当真就开了一枪，子弹擦着咱姥爷的头皮飞了过去，在他的头皮上犁开了一道血沟。咱姥爷被震住了，半天才回过神来，说："狗剩，你还动真的了？"狗剩说："革命不是请客吃饭，不是做文章，不是绘画绣花，不是温良恭俭让，革命是暴动，是一个阶级推翻一个阶级的暴烈的行动！"咱姥爷说："狗剩，咱家待你不薄，你大婶也没有对不起你的地方。"狗剩不说话。这时红卫兵们将咱姥姥拖到了院子里。咱姥爷又想动，狗剩又开了一枪。这一枪贴着咱姥爷的耳朵飞过去，又在他的耳朵上豁了一道沟。咱姥爷头上的血流到了额头上，耳朵上的血流到了腮帮子上。咱姥爷说："狗剩爷们，咱俩前世无仇，近世无怨，说起来我跟你爹还是拜把子兄弟，你不看僧面看佛面，看在你爹的面子上，放你大婶一马，该杀该砍，让你大叔我来承担！"狗剩摇摇头，说："大叔，这是革命，不怨我。"红卫兵抡起棍棒，打得咱姥姥满地打滚。咱姥姥的中国话说得本来就不好，挨打情急，日本话冲口而出。红卫兵听到咱姥姥说日本话，起先是一愣，立刻就兴奋地大叫起来。果然是日本人，果然是特务。打打打，打小日本！棍棒像雨点一样落到了咱姥姥的身上。咱娘跌跌撞撞地扑上来，还是被刚才那个模样俊秀的女红卫兵当胸打了一拳，打得咱娘又是哇了一声，一屁股坐在地上。那小女红卫兵看着咱娘捂着胸口痛苦不堪的样子，清秀的小脸眉飞色舞，好像拳师看着败在自己手下的敌人。

咱家对你说，这小女红卫兵后来成了小有名气的作家，写了许多批评文化大革命的文章，不久前咱家还在一次会议上见到了她。她好像不认识咱家了，可咱家还认识她。吃饭时她端着酒杯到咱家面前来敬酒，咱家感到血往头上冲,真想把杯中酒泼到她的脸上,但看到她那张精心装修过的脸,精心的装修也没能遮住她满脸的烟灰和老相,咱家对她突然产生了怜悯之情,嗐,都是女人,冤家宜解不宜结,算了吧。咱强做笑容,与她碰了杯,把杯中酒一饮而尽。酒下了肚子,眼泪却从咱家的眼睛里涌了出来。她看着咱家的泪眼,低声说:"走自己的路,让别人说去!"尽管她是仇人,但她的话还是让咱家大为感动,咱家决心这辈子也不把她打咱娘的事告诉别人。

咱姥爷见到咱娘挨打,顷刻间变成了一只受伤的老虎,低沉地咆哮着,一步一步,摇摇晃晃,往咱姥姥和咱娘那边走过去。狗剩大喊着:"站住!站住!"咱姥爷就像没听到一样,只管往前走。狗剩真的对准了咱姥爷的脑袋搂了扳机。老天开眼,不让咱姥爷死在狗剩手里,枪没打响,臭火。咱姥爷挥舞铁拳,向那些红卫兵冲去。其实那时候热血已经迷了咱姥爷的脸,他的拳头根本就没打到一个红卫兵,红卫兵们的棍棒倒是没少往他的身上招呼,但他毫无反应,好像棍子打着的根本就不是他的身体。他的样子让红卫兵们有点害怕,于是纷纷后退,闪开一条路。咱姥爷跪在咱姥姥的身边,大声喊叫着:"真惠子,真惠子!"咱姥姥听到咱姥爷叫她,在弥留之际睁了睁眼睛，嘴唇动了动，好像要说话，但到底也没说出什么话，然后就把眼睛闭上，死了。

后来，屯里的人议论起来，说咱姥姥这个日本贵族的千金，虽然在中国受了许多年苦，但还是小姐身躯丫环命，忒不禁打，顶多不过挨了那么几十棍子，就一命呜呼，如果换上一个穷苦人家的女人，挨上三倍的棒子，也死不了。

咱娘嫁过来后，曾对咱祖母说过，咱姥姥死时，肚子里还有一个小孩。为什么咱姥姥和咱姥爷打伙生了咱娘后，十八年后又怀孕？这是个大谜，我也许很快就告诉你，也许永远不告诉你。

咱姥爷用手托起咱姥姥的头，大喊着："真惠子！真惠子！"但无论他怎么喊，咱姥姥也不睁眼了。咱姥爷把大头伏在咱姥姥脸上，好像在说悄悄话。红卫兵们呆呆地看着眼前的情景，也许心里有点害怕，也许一点都不怕。狗剩司令傻乎乎地立正站着，好像一只被枪声镇住了的傻狍子。他的像小野猪般的眼睛不停地眨着，看起来精明无比，其实愚蠢透顶。如果他足够精明，就应该撒腿跑掉，最好跑得比兔子还快，别人不知吕大棒槌的脾气难道他还不知道吕大棒槌的脾气？但是他不跑，就那样傻站着，拿枪的手哆嗦不止。他哆嗦的时候马上就要到了。

咱姥爷与咱姥姥的尸体说了一会儿悄悄话，然后慢吞吞地站起来。他的身体背着山林后边升起的太阳，缓缓地长高，长高长高越长越高，长得像一个驼背垂臂的大猩猩时暂时停住。这时狗剩和他的红卫兵们看到了咱姥爷悲痛欲绝的脸。咱姥爷趴到咱姥姥身上时下巴上的胡子还是黑的，现在已经变成了红的。铜屑般的皮肤一片片从他的脸上脱落下来，恰似骤然冷却了的热铁。在大猩猩的状态上他又把身体猛地一挺，双眼随即闪烁着火红的光芒。他的铜皮脱尽的脸也焕发出钢铁般的烧蓝，下巴上的胡子简直就是一团燃烧的火焰。男人在什么时候最壮丽？男人在复仇前夕最壮丽。咱姥爷炫耀着他的壮丽的复仇之脸，嘴角唇边似乎还洋溢着苦悲悲的微笑，摇摇晃晃地、像一个醉汉似的向那个朴拙的椴木墩子走去。狗剩和他的红卫兵们这时还不知道咱姥爷要干什么。咱姥爷略一弯腰，将那柄大斧从墩子上拔起。这时狗剩和他的兵还不知道咱姥爷想干什么。咱姥爷提着大斧，突然地大吼了一声：

"杂种！我毁了你吧！"

咱姥爷提着的斧向狗剩冲过去。这时，红卫兵们模模糊糊地猜到了咱姥爷想干什么，但狗剩好像还不知道咱姥爷想干什么。红卫兵们见事不好，撒腿就跑。狗剩还是傻站着哆哆嗦嗦地端着手枪，瞄着咱姥爷。咱姥爷冲到他的面前，笨拙地挥起大斧，对准了狗剩的脑袋。狗剩把手枪扔在地上。斧头在下落的过程中偏离了方向。一道红光闪过，挟带着若有若无的小风，在这光里风里，狗剩的小脸变了模样。然后，一条被黄色咔叽布衣袖和红袖标裹着的胳膊，齐齐地落在了地上。狗剩惨叫了一声，一腚蹾在了地上。咱姥爷又一次举起了大斧，举到最高点时就在空中停顿了。这时那些逃跑了的红卫兵在大街上喊叫着：

"杀人啦！救命啊！"

咱姥爷像受了突然的打击似的，让高举起的斧头软软地落下来。然后他拖着大斧，回到椴木墩子前，仿佛疲乏透顶的样子，坐下去，看看狗剩。这时咱姥爷眼里噙着闪闪的泪花，腰背都佝偻起来。他用双手抱住头，呼噜呼噜地哭起来。

咱娘趁着红卫兵逃跑的空当，扑到姥姥身上，哭喊着：

"娘啊，娘！你醒醒啊！"

咱姥姥吐出了最后一口气，好像是回答了咱娘的呼唤，然后，任凭咱娘如何喊叫，她也没有半点反应了。

咱娘冲到狗剩面前,大骂道:

"狗剩,你这个畜生!"

咱娘捡起狗剩那条戴着红袖标的胳膊,打着狗剩的头。狗剩一点也不反抗。咱娘把那条胳膊扔下,又跑回到姥姥身边,抚尸大哭。狗剩那条胳膊在地上像出水的黑鱼,活蹦乱跳着,蹦了一会儿,才渐渐地安静下来。这时,咱祖母与咱祖父进了院子。

咱祖母走到咱姥姥身边,蹲下身,问:

"亲家,这是怎么闹的?"

咱姥姥不能回答,咱娘哭着说:

"大婶……救救俺娘吧……"

咱祖父走到咱姥爷面前,嘴唇翻动,但说不出一句话,只是将双手放在裤子上使劲搓着。

村子里的人拥进了院子。

两个穿蓝制服的乡警也进了院子,眼睛像鹞子一样巡看一圈,然后毫不犹豫地来到咱姥爷身边,每人抓住一只胳膊,将咱姥爷架了起来。

咱祖母走到咱姥爷面前,说:

"亲家,你放心地去吧,你的闺女就是咱家的闺女!"

咱姥爷欲给咱祖母下跪,但身体给警察架住了。

咱姥爷流着眼泪说：

"拜托了！"

然后，他就给咱祖母深深地鞠了一躬。这是典型的日本礼节，估计是跟着咱姥姥学的。

第二章　咱家是个狼孩子

从现在退回去三十几年，咱老家那一带，新生儿的死亡率很高。新生十个孩子，能活下来五个就是特大丰收，活上三两个，也算不上歉收。可以这样说吧，在那个年代里，在咱老家那块地方，凡是能够活下来的孩子，都是经过了大自然优胜劣汰过的比较优秀的个体。咱家祖母是黑龙江边一溜十八屯中最有名的接生婆。据她老人家说，经她的手接下来的孩子，差不多有一千个，但活下来成了人的，连五百个也没有。说起接生婆，咱家总是联想到媒婆，好像她们是一路货色。但事实上，在咱家那地场，接生婆比媒婆受到更多的尊重。在旧戏台上，媒婆有自己固定的脸谱与形象。她的额角上总是贴着两贴膏药，总是咧着一张能把死人说活了的大嘴，总是撇着一双能把南墙踹倒的大脚，总是穿着一件能把膝盖遮住的偏襟大褂子，总是手里提着一杆大烟袋，到了人家里，骗腿往炕头上一坐，然后就摇动三寸不烂之舌，撮合那些伤天害理的婚姻。接生婆没有自己的舞台形象。一般人认为，接生婆处于医与巫的中间状态，虽然也多少收一点礼物，但基本上属于积德行善的工作，以业余为多，鲜有以此为职业者。接生婆因为出发点的美好（没有一个接生婆不希望母子平安），不是像媒婆那样，一开始就打定了主意要骗人，所以就掩盖了她们在工作中犯下的罪恶。当然，她们的犯罪基于她们的愚昧，这责任要历史来负，与她们无关。但问题的复杂性在于，咱祖母，既是有名的接生婆，又是著名的媒婆。她经常在替人说媒时接生，也经常在接生的过程中替人说媒。除了这两项工作之外，她还是屯子里替死了人的家庭料理丧事的司仪。她满脑袋规矩，满肚皮知识，这世界上的问题，好像还没有她不能解答的。咱家之所以能够有今日这样一点成就，全仗着运气好撞上了这样一个祖母。

咱家长到七八岁时，在屯子里的小学读书。有一次，为了抢一根老虎的胡子，与班里的几个孩子打起架来。咱家体力虽然不是班里的最强，个头也不高，但咱家特别善于使用牙齿，几个回合下来，那几个小子都被咬伤，有的手指流血，有的耳朵穿孔。他们逃到离咱家几十米的地方，各人都捂着自己的伤口，痛得龇牙咧嘴，骂咱。咱家对着他们一龇牙，他们撒腿就跑。他们骂咱家是狼孩子，说是咱爹与母狼交配生下了咱。他们还骂咱祖母，说她是"红眼睛，绿指甲，腚上拖着灰尾巴"。咱家这才得知，接生婆在孩子们的心目中，原来是一副如此可怕的形象。咱家脑子里之所以没有这种关于接生婆的可怕形象，原因就是接生婆是咱家的祖母。

最近几年，咱家多次在梦中见到祖母。她有时候像那位把卖火柴的小女孩接到天堂里去的慈祥的老祖母，有时候却是额角上贴着黑膏药、手里提着大烟袋、屁股上拖着一条灰色的大尾巴的可怕形象。咱家知道这形象是媒婆的舞台形象与咱老家的孩子心目中的接生婆形象的组合，就像凤凰的形象是孔雀与野鸡的组合一样。

解放后国家提倡新法接生，县卫生局要为每个屯子培养一名接生员，通知发到公社，然后再由公社发到大队。咱蛤蟆屯大队的支书金贵——他是咱祖父的远房堂兄弟——找到咱祖母，说："嫂子，来了好事啦！什么好事？去县里学习新法接生，学完了发给毕业证书，授予助产士称号。"祖母嗤之以鼻，说："女人生孩子，是瓜熟蒂落的事，接生婆不过帮着拾掇拾掇脏物罢了，学什么？"金贵说："你要不去，我可要让别人去了。"

咱祖母说："你愿让谁去就让谁去，你不用张口我就知道你要让二曼去！兄弟，尽管劝赌不劝嫖，但嫂子还是要劝你几句，这个娘们，什么男人没见过？你千万别对她动真情。另外，嫂子提醒你，那木匠郭兰，你甭看他见人就点头哈腰，装出一副灰孙子的模样，其实这人肚子里有牙，你提防着点儿，提防着他宰了你。"

咱蛤蟆屯大队去县里接受接生员培训的果然就是郭兰的老婆二曼。那是个腿是腿腰是腰的女人，那是个该瘦的地方瘦、该胖的地方胖的女人。虽然那时候她已经不甚年轻，但依然是风骚迷人。祖母说伪满时二曼在哈尔滨当过妓女，解放后从良嫁给了咱蛤蟆屯的小木匠郭兰。她惯常梳一个油光闪闪的"飞机头"，喜欢斜着眼睛看人。见了男人就笑，不是那种堂堂正正的笑，而是低着头、捂着嘴、斜眼看着人、吃吃的笑。也许是她曾经当过妓女，所以她才这样子笑。也许她喜欢这样子笑，人们才说她当过妓女。二曼嫁给郭兰后一直没有生养，人们说她在长期的放荡生活中丧失了生育能力。为此郭兰对她心怀不满，常常找碴揍她。

有一天晚上，郭兰在寡妇老常家的小酒馆喝酒。老常的酒馆坐落在桦木林子里，是树林中的小木屋。酒馆铺面很小，地上装了一层粗糙的柞木板，踩上去嘎嘎吱吱响。屋里摆着几张刺楸木桌子，桌面粗糙，没有上油，露着细密的木纹，散着清新的木头气息。郭兰一向吝啬出名，这天他之所以在老常的酒馆喝酒，是因为白天他给老常箍了一个橡木酒桶。老常不愿给他工钱但也不愿欠下他的情，所以就请他喝酒。老常这个女人，跟一个老毛子同居过，学会了喝酒，也学会了酿酒。她用秋天的野葡萄酿造的葡萄酒芳醇无比，连省城里的品酒专家都赞不绝口。老常用野葱炒了一盘鸡蛋，端出来放到桌子上，金黄里镶着碧绿，简直就是一盘玉。接着她又炒了一盘咸肉。肉也是好肉。紫红的颜色，汪着一层油，简直也是一盘玉。然后她就在桌子前坐下了。那是秋天，金色的风在桦木林子里穿行，吹着那些玉一样的叶片，发出喋喋的声音。一盏玻璃罩子灯擦得晶亮，安放在柜台上，放射着明亮的光芒。这盏灯是屯子里最亮的灯，毫无疑问。能把一盏罩子灯擦得晶亮的女人，肯定是个好女人。喝酒时老常说："郭兰，你留着钱干什么？别人攒钱，是为了给儿子娶媳妇，给闺女置嫁妆，二曼连个人芽儿都没给你生养，你说你留着些钱干什么？我要是你，可不这样傻。我要是你，每天必吃一斤肥肉，喝一瓶老酒，先赚个肚里幸福再说。"郭兰嘟哝着:"其实我也没有多少钱。"老常说:"郭兰,你有没有钱别人不知道,老娘我心里可是门儿清。去年冬天你去县土产杂品公司,一下子就卖了一百块袁大头,你说有没有这码事?"郭兰的脸顿时红了,低声嗫嚅着:"你怎么知道?"老常笑道:"哈哈,咱家耳朵长,土产公司的经理管咱家叫干娘。"郭兰说:"那是俺老婆的私房钱。"老常说:"咱家当然知道那是你老婆的私房钱。一百块袁大头,搁在解放前,能置二亩良田!郭兰,你家二曼,可是大有来头的,你不要把她看成凡人!"郭兰硬着舌头说:"再……再给老子一壶酒……"老常说:"郭兰大兄弟,听说你花了不少钱给二曼看病?想让她给你生个孩子?大兄弟啊大兄弟,你可真是傻透了气!你家那个女人是个什么女人?嫂子今日喝了点酒,酒后话多,也是看着你老实人可怜,被人家蒙得凄凉,咱家不疼你,这个世界上就没有第二个人来疼你了!所以嫂子就实话对你说了吧,你家二曼,解放前是哈尔滨有名的婊子,绰号'小蜜狗',专做老毛子的生意,抗战胜利后,她还作为哈尔滨市的妇女代表受到过中华民国外交特派员蒋经国的接见,还出席过宋美龄宴请苏联红军高级将领的盛大晚宴。在那次晚宴上,'小蜜狗'穿着一件黑色天鹅绒的旗袍,鼓着一对像西瓜那样大的奶子，戴着珍珠项链、钻石耳环，一闪一闪像放电一样，迷了多少老毛子的眼！晚宴之后，你老婆跟马林诺夫斯基元帅的代表列鉴诺夫上将翩翩起舞，轰动了整个的哈尔滨。"郭兰红着眼睛骂道："你放屁！"老常说："我知道，你口里说不信，但心里是信了，你是不愿意承认。也许，你还是半信半疑，我有一个办法让你全信不疑。你找个她不在家的机会，把她的箱子撬开看看，看看她的箱子底下是不是藏着一条绣花的门帘。那条门帘上缀满了珠宝，还绣着一对戏水的鸳鸯。这件宝物，当时能值五百大洋，是哈尔滨最大的绸缎庄老板沈福祥送给她的礼物。"郭兰说："你胡说，那是小日本投降时，日本关东军的家眷贱卖了的家产，俺老婆用一篮子土豆换来的。"老常笑道："她骗你！你也不想想，日本女人会那样傻？大兄弟，把那条门帘偷来给我，我就给你生个儿子！"老常用她的葡萄眼斜着郭兰，被酒水沾湿的嘴唇在灯下放着光，雪白的牙齿在唇间闪烁。郭兰硬着舌头说："你……你也是婊子……"老常用自己的胸脯顶住了郭兰的脸，双手揉搓着他的头，说："大兄弟，把那条门帘偷给我，我一定给你生个儿子……"郭兰推开老常，站起来，说："婊子，你想骗俺家的财产，编了这套瞎话骗人，你做梦去吧！"

郭兰回到家，看着坐在炕前洗脚的二曼，越看越觉得不顺眼，越看越觉得窝火。他从门后抄起一根棍子，对准了二曼的头就是一下子。二曼在郭兰身边生活日久，已经培养起一种躲避打击的下意识，她及时地一歪头，让棍子落在了肩膀上。她大叫了一声，接着骂："畜生，一定是老常那个骚货给你烧了邪火！"郭兰又一次举起了棍子，但没等到他的棍子落下，二曼就将铜盆里的洗脚水泼到了他的脸上。热乎乎的洗脚水当然不能让郭兰头脑清醒，他举起棍子，泰山压顶般地擂下去。二曼将铜盆高高举起，像举着一面盾牌，保护住自己的头脑。只听到当啷一声响，棍子砸在铜盆上，将铜盆砸扁了。郭兰捧起铜盆，仔细端详着，心中疼得要命。趁着这机会，二曼跳起来，赤着两只湿脚就往外跑。郭兰扔下铜盆，一个箭步蹿上去，伸手揪住了她的头发，骂道："你这个婊子，你这个'小蜜狗'，老子今日毁了你吧！"郭兰把二曼按倒在地，骑上去，用屁股蹾着二曼的腰。就像传说中黑瞎子对付女人的样子。二曼在下面连连求饶："掌柜的……掌柜的……饶了我吧……"郭兰急蹾不住。二曼说："郭兰，你这个狗娘养的，你今日不把我蹾死你就是婊子养的！蹾吧，蹾！畜生，老娘肚子里怀着的孩子可是你这个王八蛋下的种子！"郭兰一听这话，屁股像坐到热鏊子一样，腾地就跳了起来。

当然，二曼不可能怀孕，她只不过是情急智生，临时撒了一个谎。但她的谎言却让缺乏妇科知识的郭兰信以为真。从此郭兰就精心侍候二曼，下河捉王八、上山打飞龙，给她加营养。二曼也就假戏真做，哼哼唧唧地伪装出孕妇的模样。过了三个月，伪装越来越困难时，二曼就抓了一只老鼠杀死，剥了皮，剁去尾巴，扔进尿罐里。然后又从杀猪的人家弄来一小瓶猪血，倒进尿罐。郭兰回家，她就趴在炕上放声大哭，说对不起亲亲的男人，好不容易怀上的孩子，又流了产。郭兰一看满尿罐的血就晕倒了。等到他醒过来时，二曼已经把尿罐倒了。郭兰很快明白了这是个大骗局，但他对外还是宣传说二曼好不容易怀上个孩子又不幸小了产。他甚至到咱家来找咱祖母讨要保胎药，为二曼的第二次怀孕做准备。"怀孕？"咱祖母把郭兰打发走后，对着咱祖父冷笑着说，"二曼能怀孕，骡子也能产马驹！"

二曼从接生员培训班上回来，怀揣着结业证书，逢人就显摆。党支部书记金贵举着铁皮喇叭筒子，领着手捧新法接生训练班结业证书的二曼，在屯子里的大街小巷里广播宣传:"社员同志们请注意,社员同志们请注意,告诉同志们大家一个好消息,罗二曼同志已经从县新法接生培训班光荣地毕业了!从此之后,我们蛤蟆屯有了科学的接生员了,小孩子生下来就死的现象就要结束了!女人生孩子大出血的现象就要结束了!从今往后,女人生孩子都要找罗二曼同志接生……"

据咱祖母说,老金贵那个色鬼,为了讨二曼的好,不顾自己尊贵的身份,竟然替二曼那个婊子做义务的宣传。咱祖父却认为这是老金贵应尽的义务,党支部书记的首要任务,就是宣传新生事物,譬如新法接生、新法避孕、土法炼钢、合理密植、破除迷信、接种牛痘等等。祖母就说,你们姓金的男人没有一个好东西。祖母说老金贵千不该万不该他不该在咱家院子外边把二曼毕业的消息重复广播十几遍。这不是明打明地跟咱家过不去嘛!咱祖母是什么样的人物,能受得了这等窝囊气?话说老金贵带着罗二曼那个小娼妇,举着马口铁卷成了喇叭筒,在咱家院子外边一遍又一遍地广播,屯子里那些好看热闹的闲人与无聊的孩子们,都跟在他们身后观看。

二曼毕业回屯后,屯子里已经有两个女人生产,她们的丈夫仍然把咱祖母叫去接生。二曼自以为怀揣绝技，跃跃欲试，但无有用武之地，心中如何能不气？而且祖母刚接过的那两次生，新生儿是一死一活。二曼到处放风，这两个孩子如果让她接，她敢保证一个也死不了。祖母对她的说法嗤之以鼻。祖母说"死生有命，富贵在天"，那些死去的孩子，原本就是些讨债的小鬼。如果一个女人杀过一只猫，那猫就要投这女人的胎，让她受点罪，所以肉眼凡胎看上去像是死了一个孩子，其实，慧眼金睛看上去，就知道那死了的，其实是一只猫。咱家祖母当然就生着一只这样的慧眼，她每次都能透过现象看到本质，戳穿那些死孩子的假皮相，向那些产妇揭露出死孩子讨债鬼的本相，或是猫，或是狗，或是羊，或是猪。不久前刚出子宫就去世了的那个小男孩的母亲，是车把式钱银柜的老婆。这对夫妻已经生了三个女孩，就盼着生个儿子传宗接代。咱祖母被钱银柜接到他家时，钱的老婆已经脱光了衣服躺在炕前的麦秸草上。咱祖母接生多年，有辨别真正的孩子和讨债鬼的丰富经验。她说，只要是先从产道里露出了头顶的，就是好孩子，如果是讨债鬼，那就不定准儿，也可能先露出脸，露着一个青色的小脸，还龇着两颗小门牙，你想想看，这怎么可能是个人？也可能先露出一只手，从那里伸出一只小手，就像一只兽爪子，怎么可能是人？咱家小时在屯子里老孙家看了一本绘画的《封神榜》,那上边有一个名叫杨任的,被商纣王挖了眼睛,神仙在他的血眼窝子里按上了两粒仙丹,他的眼窝里就长出了两只小手,手心里还有两只眼。咱就联想到,那些从妈妈的产道里伸出的小手心里,也长着一只眼睛。你想想,这不是讨债鬼又会是什么?祖母一进门就看到从钱银柜的女人那儿伸出了一只小手,她立马就知道碰上了讨债鬼。她当场就脱了棉袄,高高地挽起衣袖,摆出一副准备吃大累、流大汗的样子。祖母抽了一袋烟,就吩咐钱银柜把家里所有的绳子扣都解开,把所有的门户都打开,连一个堵着酱油瓶的塞子也拔掉扔了。她还用一贴伤湿止痛膏贴住了产妇的嘴巴。你以为是怕产妇大喊大叫?差矣!祖母这样做,是怕那讨债鬼从产妇的嘴巴里化为一股青烟跑掉,如果让这小鬼头跑掉,用不了三个月,她又会回到这女人的肚子里投胎,让这产妇再吃一遍苦。然后,祖母从她随身携带的包袱里拿出一根红绳,拴在那小家伙的手腕子上。她把红绳的一头,穿过窗棂递到窗外去,让钱银柜跑到窗外边,牵着绳头不许松手。她还要求钱银柜在窗户外大声喊叫:"出来吧,出来吧,又有饽饽又有肉!出来吧,出来吧,又有饽饽又有肉!"就这样喊下去,一直喊到讨债鬼出来为止。

所以，但凡是家里生过讨债鬼的男人，都要哑嗓子许多天。然后咱祖母就在屋子里不停地忙活起来。她一会儿睁着眼大喊大叫，一会儿闭着眼念念有词。她一会儿用巴掌按压产妇的肚子，一会儿用梳子刮挠产妇的脚心。她还有许多许多操作程序，咱家没有亲眼看见，所以也就不能也就不敢一一尽述。总之，在屯子里人们的心目中，咱家祖母可是个尽职尽责、半点也不偷懒的接生婆，产妇生孩子要出大力流大汗，咱祖母出的力一点也不比产妇少，她出的汗甚至比产妇还要多，往往出现这种情况，生完孩子，产妇累昏了，咱家祖母也昏了。咱家祖母浑身汗水，像从黑龙江里刚爬上来一样，连头发梢子上都往外流汗。所以，如果孩子生出来就死了那他的确是该死，一点也不能怨咱家祖母不出力。所以，咱家祖母接完了生，即便接出了一个死胎，也要实臀大腚地坐下，在产妇家吃一碗面条、外加两个荷包蛋。她吃得心安理得，毫无羞愧之心，没人敢说她什么。

但二曼毕竟是经过了国家正式培训的新法接生员，满嘴的新鲜名词的确是十分唬人，再加上支书金贵的撑腰仗势，她顺利地接生了几个孩子后，在屯子里渐渐地得了势。咱家祖母虽然不放过任何一个糟蹋二曼的机会，但找她来接生的人却越来越少。后来，为了接生一个孩子，咱家祖母不得不在人家的媳妇肚子刚刚能看出点光景的时候，就去跟人家的婆婆套近乎，甚至用小恩小惠去收买。

屯子里老孙头家是咱家的瓜蔓子亲戚，两家的关系一向很好，老孙家的三个儿子两个闺女都是咱家祖母亲自接出来的。老孙家大儿子媳妇肚子里有了景，祖母就提着鸡蛋、揣着挂面，三天两头地往那儿跑。到了那里后，放下礼物后，就装模作样地给那个小媳妇检查胎位。其实，咱家爷爷也知道，咱家祖母哪里知道什么胎位。几个新鲜的名词，什么胎位了，胎音了，胎盘了，羊水了……全是从二曼的嘴里学的。咱家自然没见过祖母去给人家检查胎位的情况，因为那时候咱家还没有出生。当时的情况都是后来咱家听屯子里的人说的。屯子里人说咱家祖母：老金家屋里的，这个封建的、落后的、反动的、装神弄鬼的老巫婆子，是日薄西山气息奄奄垂死挣扎呢，明知道旧法接生已经到了寿终正寝的日子，但她还是虎死不倒尸，醉死不认酒钱。咱家祖母到了老孙家，把鸡蛋挂面什么的，往锅台上一放，然后就说："侄媳妇，上炕，让老姨给你摸摸胎位。"老孙家的就说："老姐姐，还是歇歇吧，摸什么摸呢？俺生养过三男二女，你啥时给俺摸过？你没摸，俺不是也顺顺妥妥地生出来了吗？"咱家祖母瞪着眼说："摸，当然要摸，二曼那个骚狐狸，她以为就她会摸，老娘也会呢。老娘接出来的孩子比她吃过的土豆子都多。"老孙家的瞅瞅锅台上的礼物，无奈地对儿媳说："你看看，你大姨这一片热情……还是让她给摸摸吧……"于是那个红脸蛋子的小媳妇只好咕嘟着嘴巴，躺到炕上，解开大红的裤腰带子，让咱家祖母用她那双大手，在那柔软的肚皮上摸来摸去。咱家祖母一边摸着一边说："不养孩子不知道哪里痛，二曼是个什么？妓女，一个千人戳万人骑的脏货，她的手，摸了树树不结果，摸了草草不结籽，摸了女人的肚皮，不是横生就是倒养！竟然有那么多的糊涂虫让她那双脏手摸来摸去。侄媳妇，你是元宝胎，小小子在肚子里盘腿打坐儿，喜笑颜开着，长得欢实着呢！大姨的手是带仙气的，不是要紧的亲戚，用八人大轿抬着我，用七个盘八个碗伺候着我，我还不喜得去呢。贤侄媳妇，你是个有福的，咱家保你生一个全毛全翅的大胖小子。母子平安，一溜青烟，送子娘娘，吉祥姥姥……"

总而言之，咱家祖母为了争夺一次接生的机会，利用了亲戚关系，鞋底磨破了，嘴唇说薄了，心机耗尽了，还赔上了三十个鸡蛋、十八束挂面——这在咱家祖父眼里可是一笔巨大的财产——真难为了她老人家——但最后的结局是,当咱家祖母听到了老孙家的儿媳发作了时,急忙换上她那件浆洗得板板正正的青布大褂子,将剪刀、火镰、白布等一应接生需要之物揣在怀里,匆匆跑到老孙家的大院子时,正好听到婴孩出生后的响亮啼哭和二曼的高声报喜:"恭喜啊,大婶子,添了一个大孙子!"

咱祖母听到了这些声音,心中的滋味难以言表。她老人家就像遭了雷击一样木在老孙家的院子里,咱家估计,眼泪一定在她的眼睛里打转转。怀中揣着的家什很可能沿着她的肚皮滑落到地上。咱祖母就这样木木地站着,听着从孙家堂屋里传出来的锅碗瓢盆的声音,面条和荷包蛋的气味残酷地扑进了咱家祖母的鼻子。那可是咱家的挂面和鸡蛋啊。老孙家的堂屋里灯火辉煌,乳白色的蒸汽从敞开着的大门里汹涌地冒出来。老孙家的出来倒东西,看到了雷击木一样戳在院子里的咱家祖母,顿时愣住,尴尬的表情在她的脸上表现出来。"他大姨啊……"这个该杀千刀的老女人觍着脸说,"新社会了……孩子们自家有主意,老人的话不中听啊……再说了,您也一大把年纪了,就让年轻人干吧……"

咱家祖母长长地叹了一口气,就像用钢针在鼓胀的气球上扎了一个窟窿。她挺直的腰板瞬间就塌陷了,身体眼见着矮了下去,光滑的大脸上顿时出现了成千上万条皱纹,一条比一条深刻。从此咱家祖母的腰板再也没有挺直过,从此咱家祖母的脸皮再也没有舒展过,咱家祖母就这样一瞬间老了。据说老孙家还假惺惺地请咱家祖母进屋去吃一碗面条,但咱家祖母已经慢吞吞地、像一个在阳光下曝晒了一个时辰的雪人儿一样,步履艰难地、拖泥带水地走出了老孙家的大院。咱家祖母在被满天星斗照耀得斑斑点点的大街上,摇摇晃晃地朝着自家走去。咱家本来是在老孙家的东边,但咱家祖母竟然迷失了方向,朝着屯子的西头走去,一直走到了屯子西头的乱葬岗子那里,才知道自己走错了路。在返回的路上,咱家祖母终于大放了悲声。她的哭声,给屯子里的人民留下了深刻的印象,事过多年之后,提起祖母这次前所未有的大哭,屯子里的人民还记忆犹新。都说,人怕伤心,树怕伤根,像钢铁一样坚强的老金家的放声大哭,可见是真正地伤了心。据咱家祖父用幸灾乐祸的口气悄悄地对咱家说,咱家祖母回家后,还像一个小姑娘一样啼哭着,腮帮子上泪水纵横,鼻涕流到了嘴唇上,口水流到了下巴上。

当然,像咱家祖母这样的强大女人,是不可能因为这样一件事就彻底垮掉的，这就像俗语说的那样："老虎虽死，威风犹在。"咱家祖母尽管遭受了沉重的打击，但在家中，她依然是主宰，依然是喊一声就让咱家祖父颤抖的家长。而且在对待老孙家的背信弃义问题的处理上，咱家祖母还是表现出了应有的风度。按照咱家祖父的想法，应该提着劈柴用的长柄大斧去老孙家算账，最不济也要把那三十个鸡蛋和那十八束挂面讨要回来。但咱家祖母拦住了因为心痛那些挂面和鸡蛋而像个猴子一样上蹿下跳的咱家祖父的去路。咱家祖父说："难道就让他们白吃了吗？"咱家祖母说："老孙家生了孙子，本来也该去贺喜的。"咱家祖父说："难道就这样让他们骑在咱家脖子上拉屎吗？"咱家祖母说："没人在你的脖子上拉屎。"

这件事情就这样结束了。从此之后，咱家祖母再也没有给人家接生过。

"下边该说说咱家出生的事情了，"她翘着俊俏的手指，弹了一下烟灰，微笑着，露出整齐的、闪闪发光的、但略微嫌大了些的牙齿，对依然拘谨但分明是比方才自然了许多的小报记者说，"你一定在想，咱家出生，一定是咱家祖母亲手接出来的吧？按照常理说也应该是这样,俗话说'肥水不落外人田'嘛,咱家祖母是一个资历深厚、对新法接生抱有很深成见的接生婆,自家的儿媳生产,肯定要自家动手,绝对不会去把那个抢了自家饭碗、侮辱了自家尊严的仇敌、而且还当过妓女的二曼请来的,你是不是也这样认为呢?"

小报记者狡猾地微笑着,但一声不吭。她撅起嘴唇,似乎看透了小报记者的滑头,说:"事实恰好相反,咱家母亲生产时,接生婆竟然是那二曼,而且是咱家祖母亲自去把二曼请来的。在二曼为咱家母亲接生时,咱家祖母躲在她的房子里,连面都没露,好像世界上压根儿就没有她这个人……"

好吧,先说说咱家父亲,这是个基本上不负责任的男人,是个既不是好儿子、也不是好丈夫、更不是好父亲的男人。枪毙了他我顶多流三滴眼泪,多了一滴也不流。咱家父亲名叫金大川,人送外号金大牙,其实他的牙并不大,一个牙齿不大的人被人起了个外号叫大牙,这里的原因,咱家也说不清楚。咱家父亲是林业工人,据说在他们采伐队里还是个劳动模范,他好像生来就对树有仇,见了树就双手发痒,眼睛发红,似乎不杀伐就不能平他的心头之恨。好像树是他的仇敌,好像树是糟踢了许多咱们的老娘们的小日本，或是恨不得把咱们的母牛都轮奸了的老毛子。他起初是用斧头砍树，创造过一个工作日砍树三十棵的最高纪录，后来他用上了油锯，一天能杀秃半个山头。他与咱家母亲结婚时，还是个身体健壮的小伙子，脸色阴沉，见了人就喜欢上下打量，好像要看看该从哪里下锯，在他的眼睛里，所有的东西，包括人，都该用斧头和油锯杀倒。这个杀树狂人的精神其实早就已经变态了。只是在与咱家母亲结婚时还没显示出来。其实，即便他的病症已经显示了出来，咱家母亲也得嫁给他。前面说了，咱家那个名叫茅野真惠子的外婆，已经被红卫兵打死，咱家外公也因为砍掉了柳白毛的胳膊而被捕，咱家母亲已经成了孤儿，在这种情况下，别说咱家父亲是个像红松一样挺拔的劳模，即便咱家父亲是棵贴着地皮生长、浑身疤结的偃松，咱母亲也别无选择。后来咱家父亲得了那种油锯手的职业病"白手病"，精神病的症状也日渐明显，给咱家的童年生活蒙上了浓重的暗影，但这些都是后话，还不到讲述的时候，咱们还是先把咱家出生的情况说清楚。

咱家出生在一个黑夜。星光灿烂，冷气凛冽，是初春天气，桃花水将到未到的季节，山阴沟畔，还积存着厚厚的白雪。那夜天象奇特，在银河的左岸，出现了一颗璀璨的彗星。在咱们的老家，可是没有这样的好名字来称呼它。咱们那里把彗星称为扫帚星。而且还有许多关于扫帚星的说法，这些说法的大概意思都是说，出现扫帚星的年头，主着天下大乱，最经典的一次例子是太平天国时，出现了一颗横断银河的彗星，然后导致了长达十几年的天下大乱。咱家不知道那颗彗星是不是著名的哈雷彗星，但咱家知道，咱家出生那年，出现在天河银河左岸的那颗彗星绝对不是哈雷彗星。

咱母亲生咱的时候，还不满十八岁。十八岁的女孩还不到法定的结婚年龄，何况那时计划生育已经搞得热火朝天，政策规定男方满了二十六岁、女方满了二十四岁才可以登记结婚，但咱家母亲十七岁就跟咱家父亲结了婚。其实也不是合法的结婚。因为咱家外祖母被打死，咱家外祖父被逮捕，咱家母亲被咱家外祖父托付给咱家祖母。咱家祖母用大马车把咱家母亲沿着黑龙江边的大道拉回来，第三天就安排她与咱家父亲这个杀树的强盗合了房。咱父亲这个强盗，其实根本就不爱咱母亲。后来咱家才知道，咱父亲在与咱母亲合房之前，就跟林业队伙房里那个长腿细腰的小娘们白花花相好。白花花其实单名一个花字，叫顺了嘴就成了白花花。这个娘们在咱家母亲死后多年还跟咱家父亲保持着相好的关系。这个小娘们咱家见过，眼不大但有神，嘴巴很大，嘴唇丰满，牙齿雪白，举手投足，眼波流动，确实有那么一股子勾魂摄魄的劲头儿。咱家小时听人挑唆，以为是这个女人害了咱家母亲的性命，曾经怀揣着一把牛耳尖刀，潜到白花花的卧室里，想杀了她替咱家母亲报仇，但她只用了一句话就瓦解了咱家的杀心，她高举着双臂，袒露着白花花的胸脯，眼睛里满含着泪水，用深情的、抖颤的声音说："杀吧，好孩子，能死在你的手里也算是大姨的福气……"然后她就跪在了咱家面前，放声大哭起来，脸上的泪水像小河一样流淌……咱家一看这个阵势，心中扑腾腾地打鼓，扔下刀子，撒腿就跑了……

还是说咱家母亲的事。合房第三天，咱家父亲就逃跑了，搬回了他在林业局砍伐队的集体宿舍。咱家祖父去找他，看到他正在与一帮子森林光棍在一起打扑克抽烟。他输了，额头上被赢家贴上了十几张纸条。赢家用一块松明子从炉子里引来火种，将那些纸条点燃。那些纸条瞬间烧尽，在他的脸上留下了十几个燎泡。咱家祖父拧着他的耳朵将他揪起来。他摇摆着头颅，把耳朵从祖父手中挣脱，然后极其不满意地说："干什么你？！"

咱家祖父也不给他留面子，当着那些森林光棍的面，说："儿子，你是有了家室的人，跟他们不一样了！"咱家父亲嘟哝着说："谁有了家室？反正我没有家室……"咱家祖父大怒，道："杂种，你这是说的人话吗？觉都跟人家困了，还说没有家室？人家可是黄花大闺女，不是半货子，更不是骚窝子！"咱父亲乜斜着眼子说："什么黄花大闺女？整个一块木头疙瘩！"咱家祖父严肃地说："刚开始不都是木头疙瘩吗？"那些森林光棍大声地起了哄，咱家父亲满脸赤红，提高了嗓门对祖父说："你走吧，反正我是不回去了。"咱祖父说："你跟人家婚都结了，竟然敢说这样的话？！"父亲说："谁跟她结婚了？是你们把她放在我被窝里的！""我到你们领导那里去告你！"咱家祖父恼怒地吼叫着。父亲说："告去吧，不登记就不算结婚。""可你已经把人家办了！"祖父说。父亲说："谁看到我把她办了？我还说她把我办了呢！""你这个丧了良心的杂种啊！"祖父气急败坏地哀鸣着，把手中的拐棍高高地举起来，砸在父亲的头上，发出了一声沉闷的声响。父亲下意识地抬手护住了头顶，痛苦使他的眉头皱了起来。待到祖父第二次将拐棍举起来时，他伸手就把拐棍夺了过来，凶巴巴地说："老爷子，你别逞凶狂，我可是林业局连续三年的劳动模范，局长亲自给我发过奖状，书记与我碰过酒盅子。"祖父说："呸！别说你三年的劳模，你就是三十年的劳模，也是我的儿子，老子该打你还要打你！"父亲把祖父的拐杖横在膝盖上用力折成几段，然后揭开炉盖子，扔在熊熊燃烧的炉火中。祖父的拐杖在炉火中转眼之间就化为了灰烬。祖父嘴唇哆嗦着，嘴里念叨着："杂种，你要遭天谴的！骑驴看唱本，咱们走着瞧吧……"然后他就佝偻着腰，走出了林业局的宿舍。他听到，在窝棚里，他的那个逆子，无耻地说："那家伙，是个白虎，光溜溜的，一根毛也没有啊……"

尽管咱父亲这个强盗只跟咱母亲睡了一夜，但他的种子却在咱母亲的土地上生根发芽，孕育出咱家这个天才——也可以说是怪物。咱家母亲的肚子挺起来后，因为是非婚、非计划生育，村子里主管计划生育的委员——老高家的闺女，三天两头地往咱家跑。她软硬兼施，逼着咱家祖母送咱家母亲去公社医院做人工流产。老支书金贵也代表着村党支部与咱家祖母谈过一次话，但都被咱家祖母斩钉截铁地堵了回去。咱家祖母怎么说？这样说："自从盘古开天地，三皇五帝到如今，只有鼓励老百姓生孩子的皇帝，哪有不让老百姓生孩子的政府？一定是你们这些东西把上边的指示看错了。"老高家的闺女说:"金大婶,这计划生育可是毛主席让搞的。"咱家祖母说:"你把毛主席叫来,俺跟他谈谈。"老高家闺女说:"大婶子,你是痴了没好呢还是装糊涂?毛主席也是随便能叫来的?"咱家祖母说:"既然你不能把毛主席叫来,咱家怎么知道你们的话是真是假?"老支书金贵说:"大嫂子,您可不能带这个头,如果您带头把这个孩子生下来,那全屯不就乱了套了吗?"咱家祖母说:"不是我生,是我家儿媳妇生。""一没登记,二没结婚,怎么能成了你家媳妇?""睡在我家炕头上,肚子里怀着我家儿子的孩子,不是俺家的儿媳妇,难道还能是你家的儿媳妇?""这样的非婚生子女就是私孩子!"老高家闺女说。这句话把咱家祖母激发得大怒,手指几乎戳到了老高家闺女的额头上,咱家祖母义正词严地说:"俺家儿媳,有父母之命,媒妁之言,光天化日,明媒正娶,日头证婚,月亮牵线,正大光明的一个孩子,谁再敢说俺家是私孩子,俺家就跟谁把这条老命拼了。"老支书金贵说:"老嫂子,即便你把这个孩子生下来,按规定也落不下户口,落不下户口呢,就不能分粮食,老嫂子,这可是一个实际的问题。"咱家祖母说:"山里的老虎豹子下生之后,谁给它落户口?它们不也活得好好的吗?""老嫂子,"金贵说，"不怕你嘴硬，共产党什么都怕，就是不怕嘴硬的。"咱祖母说："老金贵，俺家也把话说出来放在这里搁着，这个孩子，是俺老金家的骨血，是俺家的至宝，俺就是那护宝的大虫。如果你们胆敢来横的，俺就豁出去这条老命与你们拼个鱼死网破。"咱家祖母伸出左手的小指，搁在木墩子上，右手拖过来一把斧头，平静地说："老金贵，让你看看俺家的坚决性吧！"话音未落，斧头举起，嘭的一声。咱家祖母用右手攥着左手，站起来，悠闲地走回到屋子里去。她根本没有回头，好像她的身后没有人，好像刚才那些激昂的言辞和骇人的举动与她毫无关系。咱家祖母走了，把老金贵和老高家的闺女闪在那里。那柄利斧的刃子已经深深地吃进木头里，斧柄翘着，立在那里。在斧头旁边是咱家祖母那根小指头，苍黄的颜色，像一棵炮制过的园参。

咱家祖母用烈士断腕的勇气，把老金贵和老高家闺女吓退了，保住了咱家的小命。咱家也曾经想过，祖母采取这样惨烈的行动，是不是有点小题大做，难道非要如此才能保住咱家母亲肚子里的我吗？但现在咱家明白了，是的，如果不是祖母采取了这样的行动，那屯子里最终必然要采取强硬的手段，将咱家母亲绑到公社医院里去做人流。咱家后来多次亲眼看见过，在屯子里武装基干民兵的护卫下，屯子里的干部，把一车车的孕妇，像抓猪一样抓起来，塞到马车上，拉到医院里，做了人流，顺便结扎了输卵管。所以，咱家这条性命，首先是祖母给的，然后才是母亲给的。

好吧，言归正传，说咱家出生的事情。咱家祖母如何把二曼请来，这个情节暂且放到一边。祖母把二曼请来后，就躲进了自己的房子，将房门关得严严实实，再也不露面。咱父亲这个不负责任的家伙自从与祖父大闹了那一场之后，再也没有回过家，好像水消失在水里一样无影无踪。只剩下毫无妇科经验的祖父给二曼打下手。情急之中，咱家祖父曾经敲打着门板，喊叫咱家祖母："老婆子，你早不躲，晚不躲，怎么在这样的紧要关头躲起来呢？"但任凭咱家祖父把门板敲破，咱家祖母连大气都不出一声，好像房子里根本就没有她。在万般无奈之中，咱家祖父只好承担起了助产护士的工作。这是祖父终生的忌讳，谁要敢说他曾经给自家的儿媳接过生，他就会跟谁拼命。

二曼进了咱家母亲的房子时，就感到一种不祥的氛围。其实她说她跟着老金家那个大名鼎鼎的老妖婆子走在黑暗的大街上，抬头看到在灿烂的银河左岸散射着灰白光芒的那颗彗星时，就感到心头发紧，一股股的寒气沿着她的脊梁沟蹿上蹿下。等她看到咱家祖母躲进房子里不再露面之后，更感到老妖婆子请自己来接生是个巨大的阴谋。她看到，咱家母亲已经大发作，咱家的一只手从母亲的产道里伸出来，仿佛在向这个世界上的人讨要什么东西。后来我想，也许是咱家祖母看到了咱家这副典型的讨债鬼的模样，才决定抛弃前嫌，去把冤家对头请来。也许咱家祖母是想借这个机会，整治一下二曼，让她接下死胎，借此毁坏她的名声。也许咱家祖母被咱家那只伸出来的血手吓坏了，自家的姑娘跳不得神，自家的郎中看不了病，为了挽救咱家母亲的生命，所以，咱家祖母才不得不放下架子，抛弃面子，去把二曼请来。也许上述的各种因素都有，反正是，在那个极其不祥的夜晚，咱家祖母把二曼请来了为咱家的母亲接生。

二曼后来对咱家说，她一看那阵势就想跑，但咱家母亲那张分明还是一个小姑娘一样的瘦脸和那张脸上的祈望的神情，使她受到了深深的感动。她感到自己有责任帮助这女孩子渡过这个死亡关口。二曼说她当时想到的是舍弃孩子保大人，因为根据她的经验，这样的提前把手伸出母亲体外的家伙，十有八九都是死胎，勉强有一个活着的，长大了也是祸害。但没有想到，二曼用火灼灼的眼睛盯着咱家说——这当然是事过多年之后了——没有想到,该死的没有死,不该死的,反倒死了。世界上的事情就是这样难以琢磨。

咱家不愿意对你详细描述咱家出生时那血腥的过程,这个过程相信你自己用想象力可以填补。咱家被二曼拖着胳膊挣出来后,咱母亲还有气息,据说她看到咱家时,眼睛里还散发出来最后的璀璨光芒,但她的眼神很快就黯淡了。随后而至的大出血,断送了咱家母亲年轻的生命。母亲啊母亲,你死时那样年轻,好像一朵玫瑰,尚未完全绽放,花瓣就已经凋零……

据说二曼是逃走的,但她自己否认。她说她是处理完了咱家母亲的后事,包扎了咱家的脐带,把一切事情都对咱家祖父交代得清清楚楚之后,从容、镇定地走的,因为她感到自己问心无愧,不管怎么说,两条性命,她救活了一条,而这样的艰难生产,落到别的接生婆手里,十有八九地要母子双双完蛋。

据说咱家祖母在二曼逃走后,从她的房间里出来,看到咱家母亲的血已经从门槛下面的缝隙里,流到了堂屋的地面上,连洞里的老鼠都给灌了出来,拖着沾血的尾巴窜到院子里。这样的老鼠猫见了都害怕。

据说就在这个时刻,咱家父亲喝得醉醺醺的,嘴里哼着小曲，摇摇摆摆地走进了家门。他为什么在这样的时刻走进家门？至今是个难解的谜。还是据说，祖母把满身青痣的我倒提着塞进了一个破麻袋里，交给父亲，说："扔了去吧，扔得越远越好！"据说咱家父亲乜斜着醉眼，说："扔什么，让狗吃了得了。"据说咱家祖母怒冲冲地说："这样的东西，狗怎么敢吃？"据说父亲极不情愿地提着破麻袋，走到江边，将咱家顺手丢在了冰上。据说咱家从麻袋里爬出来，在冰上哭泣。一头母狼将咱家叼到杂树林子里，用它的奶，浇灌了咱家的肠胃。咱家依偎在狼的肚皮下，睡得很香。据说屯子里早起捡粪的老于头发现了咱家，慌忙赶回屯子里报告了支书老金贵，老金贵招呼了几个基干民兵，扛着上了顶门火的步枪，赶到杂树林子，此时，母狼已经走了，只剩下咱家在那里，在彤红的阳光里，响亮地啼哭。

老金贵吩咐人把咱家抱回去，送到公社里，让公社干部处理。正好有一个省里来的大干部在这里视察工作，他用极富人道主义的态度，首先肯定了，即便是私生子，一旦降生后，也是公民，也有存活的权利。他严令当地的干部，要找到咱家的生身父母。当公社的干部调查清楚了咱家的身世后，咱家被交还给祖母抚养。至于咱家父亲，因为抛弃婴儿，犯了谋杀罪，被两个白衣警察，在一个融雪的中午，当众逮捕，在看守所关押了三个月后，被刚刚重新组建的人民法院，判处了十年徒刑，押送到北兴宝山林场劳动改造。五年后，因为他在砍伐森林的劳动中表现突出且有临危救人的举动，被减刑释放，此时，咱家已经是屯子里恶名昭彰的不良少年。

〔作者按：此篇作于2003年。咱家当时对闯关东的事儿颇感兴趣，研究了很多植物学著作，掌握了一些动物的知识和林业生产知识，还专门去过长白山。咱家原计划冬天去趟东北，沿松花江、乌苏里江、黑龙江考察，再去看看大兴安岭；夏天再去一次，沿黑龙江进入俄境，入阿穆尔河，一直航行至入海口，那里，几百年前，是中国人的土地。可惜因事，计划未能实现，这部构思中的长篇也就此流产。〕

师傅越来越幽默

一

离国家规定的退休年龄还差一个月的时候,在市农机修造厂工作了四十三年的丁十口下了岗。十放到口里是个田字,丁也是精壮男子的意思,一个精壮男子有了田,不愁过不上丰衣足食的好日子,这是他的身为农民的爹给他取名时的美好愿望。但命运没让丁十口有田,却让他进工厂当了工人,过上了远比农民幸福的生活。他对给自己带来幸福的社会感恩戴德,仿佛只有拼命干活才能报答。几十年下来,过度的体力劳动累弯了他的腰,虽然还不到六十岁,但看上去,足有七十还要挂零头儿。

早晨,他像往常一样骑着那辆六十年代生产的大国防牌自行车去上班,又黑又顽固的笨重车子在轻巧漂亮的车流里引人瞩目，骑车的青年男女投过了好奇的目光后就远远地避开他，就像华丽的轿车躲避一辆摇摇晃晃的老式坦克。一进工厂大门，他就看到宣传栏前围着一群人。人群里发出阵阵吵嚷声，几个女工的声音高拔出来，好像鸡场里几只高声叫蛋的母鸡。他心里一阵嘣嘣乱跳，知道工人们最担心的事情终于发生了。

他支起自行车，前后左右地张望了一会儿，与看守大门的老秦头交换了一个眼神，叹息几声，慢悠悠地向人群走过去。他心中有些悲伤，但并不严重。不久前工厂即将让一批人下岗的消息传开之后，他曾经去过厂长的办公室。厂长，那个风度翩翩的中年人，殷勤地把他让到雪青色羊皮沙发上，然后又让女秘书倒水泡茶。他端着烫手的茶杯，鼻子里嗅着茉莉花的浓香，心里充满了感激之情，想说的话到了嘴边却说不出来。厂长小心翼翼地顺了一下漂亮的西服，挺直了腰板坐在他对面的沙发上，笑着说：

"丁师傅，您的来意我知道，工厂连年亏损，裁人下岗势在必然，但是，像您这样的元老，省级劳模，即便厂里只留一个人，那也是您！"

人们向前拥挤着，丁十口从人头的缝隙里看到宣传栏上贴着三张大红纸，红纸上写着密密麻麻的黑字。在过去的几十年里，他的名字每年总要几次出现在这样的大红纸上，那是他得到了"先进工作者"或是"劳动模范"光荣称号的时候。他的身体被年轻的工人们推来搡去，本来想往前，反而退了后。在人们的谩骂声里，一个女人突然大哭起来。他听出了那是成品仓库保管员王大兰的哭声。她原先是冲床上的技工，工作时毁了一只手，后来发了坏疽，不得不截肢保命。工厂照顾因公致残的工人，安排她当了保管员。

一辆白色的切诺基鸣着笛开进了大门。围观下岗名单的人们都把头扭转，看着那辆沾满了泥土好像刚从万里之外归来的吉普车。吵闹声停止了，众人的表情都有些呆。切诺基也有些呆，喇叭声停了，发动机喘息着，车尾的排气管喷着气，好像一头预感到了危险的兽，瞪着灰白的大眼，惊恐地观望着，然后它就向大门口倒去。工人们几乎是同时发出了吼叫，同时挪动了腿脚，转眼之间就把切诺基包围起来。它前前后后地冲撞了几下，便动弹不得了。一个身材高大的紫脸膛小伙子弯腰拉开了车门——丁十口认出了那是自己的徒弟吕小胡——伸手把管供销的副厂长拽了出来。骂声轰然而起，亮晶晶的唾沫像雨点般落在副厂长的脸上。副厂长小脸煞白，一缕油渍渍的头发垂到鼻梁上，他双手抱拳,弓着腰,先对着吕小胡然后对着周围的人作揖。他的嘴频频开合,但他的话淹没在工人们的吵嚷声中。老丁听不清他说了些什么,只看到他的脸上挂着一种可怜巴巴的神情,好像一个被当场抓住的小偷。紧接着老丁看到,自己的徒弟吕小胡伸手揪住了副厂长脖子上那条像结婚被面一样鲜艳的领带,猛地往下一顿,副厂长就像落进了地洞一般消逝了。

两辆警车拉着警报愣头愣脑地开过来,丁十口吓得心跳如鼓,想赶紧溜走,却挪不动脚步。警车开不进大门,停在了厂外的马路边上。警察一个接一个地从警车里钻出来,四胖三瘦,一共七个。七个警察和他们的警棍、手铐、报话机、手枪、子弹、催泪瓦斯、电喇叭一起,文文静静地往前走几步,便一齐停了。在工厂的大门外边,他们排成一条大体整齐的阵线,看样子是封锁了工厂的大门,仔细看又不是太像。那个提着电喇叭的上了点年纪的警察,举起喇叭喊了几句话,让工人们散开,工人们就顺从地散开了。就像砍倒了高粱闪出了狼一样,工人们散开,管供销的副厂长就显了出来。他趴在地上,双手抱着脑袋,丰满的屁股高高地撅起来,仿佛传说中遇到危险就顾头不顾腚的驼鸟。那个喊话的警察把手里的电喇叭交给身边的同伙,走上前去,用三根手指捏着副厂长西服的领子，想把他提起来。但副厂长的身体死劲地往下坠着，使他的西服与身体之间出现了一个帐篷般的造型。老丁听到副厂长喊着：

"老少爷们，不怨我，我刚从海南回来，什么都不知道，这事不能怨我……"

警察提着他的衣领的手没有松动，抬脚轻轻地踢了一下他的腿，说：

"起来吧你给我！"

副厂长就起来了。当他看清提着自己衣领的是个警察之后，沾满了唾沫的脸突然变得像路上的黄土一样。他的双腿不由自主地软下去，多亏警察提住了衣领才没让他再次瘫在地上。

后来，厂长坐着红色的桑塔纳来了，市里管工业的马副市长坐着黑色的奥迪也来了。厂长脸上流着汗，眼里沁着泪，向工人们深深地鞠了三个躬，直了腰后他发表演说，先怨市场无情，接着说自己无能，把一家有着光荣历史的工厂办得连年亏损，如不停业，亏损更大，只好关门倒闭。最后他还充满感情地提到了老丁，他历数了老丁的光荣，特别提到了老丁再有一个月就到了退休年龄，但也不得不让他下岗。

老丁这才如梦初醒般地回头看了看宣传栏上的大红

榜，一眼就看到了，按照姓氏笔画排列的下岗名单上，自己的名字排在了第一名。他转着圈子看着众人，仿佛小孩子寻找母亲，但出现在他眼前的都是一些灰白模糊的同样的脸。他感到头晕，就蹲在了地上；蹲着很累，就坐在了地上；坐了几分钟，便咧开大嘴哭起来。他的哭比女工们的哭更有感染力，工人们都面色沉重，眼窝浅的跟着哭起来。他泪眼蒙眬地看到和蔼可亲的马副市长在厂长的陪同下朝着自己走过来，便慌忙止了哭，双手一按地，慌慌张张地站了起来。副市长伸出一只手握住了他的一只沾满泥土的手，他感到副市长的手柔软得像面团，仿佛没有一点骨头。他赶快将另外一只手也伸过去握住副市长的手，副市长随即也把那只空闲的手伸过来握住了他的手，这样他们的四只手就紧紧地握在了一起。他听到副市长亲切地说：

"老丁同志，我代表市委市政府感谢您！"

他鼻子一酸，眼泪又一次夺眶而出。马副市长说：

"有事到市里去找我。"

二

市农机修造厂的前身是资本家的隆昌铁工厂，当时的主要产品是菜刀和镰刀，公私合营后改名为红星铁工厂，五十年代生产过名噪一时的红星牌双轮双铧犁，六十年代生产过红星牌棉花播种机，七十年代更名为农机修造厂，生产过小麦脱粒机和玉米脱粒机，八十年代生产过喷灌机和小型收割机，九十年代从西德引进了一套先进设备，生产马口铁易拉罐，厂名也改为西拉斯农业机械集团，但人们还是习惯称呼它是农机修造厂。

那天与马副市长热烈握手后，他沉浸在一种既幸福又空虚的感觉里，好像年轻时刚从老婆身上下来似的。面对着警察、市长和厂长，烦躁不安的工人们渐渐地心平气和了。老丁无意中为工人们树立了一个光辉的榜样。他听到厂长对工人们说：论资历，你们谁能比老丁老？论贡献，你们谁能比老丁大？人家老丁不吵不闹地服从了安排，你们还有什么好吵好闹的？马副市长也对工人们说：同志们，希望你们向丁师傅学习，顾全大局，不要给政府增添麻烦。政府会积极创造就业机会，让大家再就业，但在机会没创造出来之前，大家要自己想办法，不要等靠。副市长激昂地说：同志们，我们工人阶级的双手能够扭转乾坤，难道还挣不出两个馒头吗？

副市长坐着黑色奥迪走了，厂长坐着红色桑塔纳走了,连衣冠不整的副厂长也开着他的白色切诺基走了。工人们吵了一阵,便各奔了前程。吕小胡朝着宣传栏撒了一泡尿,然后对正将身体依靠在一棵树上的老丁说:

"师傅,走吧,待在这里没人管饭,爹死娘嫁人,各人顾各人啦!"

老丁向看大门的老秦点点头,推上他的大国防,走出了厂门。他听到老秦在身后大声地说:

"丁师傅,你等等!"

他站在大门外边看着这个从中学退休后到这里来看大门的老秦小跑着过来。大家都知道老秦有很硬的关系,所以才能在退休后找到看大门发报纸这样的轻松差事多挣一份钱。他站在老丁面前,从口袋里郑重地摸出一张名片,说:

"丁师傅,我二女婿在省报当记者,这是他的名片,你可以去找找他,让他在报纸上帮你呼呼呼呼。"

老丁犹豫了一会儿,但还是伸手接过了名片。他向老秦道了谢,骗腿上了大国防。只蹬了半圈他就感到腿酸得难以忍受,身子一歪就倒了。沉重的大国防将他的身体压住,使他动弹不得。老秦跑来,把他的车子搬开,将他拉了起来。

"没事吧,丁师傅?"老秦关切地问着。

他再次感谢了老秦，推着自行车，慢慢地往家走。四月里和暖的小风一缕缕地吹到他的脸上，使他的心里空空的，甜甜的，有一点头重脚轻的感觉，好像喝了四两老酒。杨花似雪，结成团体，在马路边上滚动。一群鸽子在天空中转着圈子飞翔，哨子凄凉而明亮，声声入耳。他没感到有多么深重的痛苦，眼泪却像小河，哗哗地往下流。路过他家附近那个街心公园时，一个追球的小男孩懵懵懂懂地撞到了他的大腿上。他感到腿像触电似的麻了一下，不由自主地坐在了马路牙子上。小男孩抬起头，看着他的脸，问：

"爷爷，你为什么哭？"

他抬起衣袖擦了脸，说：

"乖，爷爷没哭，爷爷让沙土眯了眼睛……"

三

到家后他感到腿痛不止，让老婆去买了两贴膏药贴上，疼痛不但没减反而加剧，没有办法，只好去医院。他们没有孩子，老婆找来吕小胡。吕小胡用三轮车将师傅拖到医院，拍了一张片子，竟然说是骨折。

两个月后，他拄着一根木拐出了医院。两个月的住院费加上药费，几乎耗尽了老两口多年的积蓄。他怀着一丝幻想，揣着报销单据，拄着拐到了工厂。工厂大门紧闭，安静得像个陵墓。他第一次感到心中不平，抡起木拐，敲打着大铁门，大声吼叫。铁门发出了空洞巨响，好像深夜里的狗叫。还是那个老秦从门房里探头探脑地钻出来，隔着铁门跟他打了招呼：

"丁师傅，是您？"

"厂长呢？我要见厂长！"

老秦摇摇头，苦笑一声，没说什么。

吕小胡给他出主意：

"师傅，依我看，你到政府门前去静坐示威，或是点火自焚！"

"你说什么？"

"当然不是真让您去自焚，"吕小胡笑着说，"您去吓唬他们一下，他们最爱面子。"

"你这算什么主意？"他说，"你这是让师傅去耍死狗！"

"到了这时候，也只有耍死狗一条路了，师傅，您老了，不能跟我们比，我们年轻，有力气，干点什么都能养家糊口，您只能依靠政府。"

他没有去静坐也没有去自焚，但是他拄着拐到了市政府大门前。身穿深蓝色制服的门卫将他拦住了。

"我要见马副市长,"他说,"我要见马副市长……"

门卫冷冷地看着他,一句话也不说。但当他想往大门内挪步时,门卫却毫不客气地拉住了他。他挣扎着大喊:

"我要见马副市长,他跟我有约在先!"

门卫不胜厌烦地将他的身体往外一推,使他连连倒退,一腚坐在了地上。他本来能够站起来,但他没有站。他感到心里很难过,想哭,想哭他就哭起来了。起初是无声地哭,哭着哭着就出了声。路上的闲人们聚拢过来,都不说话,静静地看着他。他感到有些羞涩,想起身离开,但就这样离开更感羞涩。于是他就闭着眼大哭。他听到吕小胡洪亮的嗓门在人群里响起。吕小胡向众人介绍了他的身份和他过去的光荣,然后就大发牢骚,甚至可以说是煽动。他感到一个硬硬的东西打了自己的大腿,睁开眼便看到一个一元的硬币在水泥地面上滚动。接下来就有一些硬币和钞票落在了他的身前身后。

一队保安从不知什么地方跑步赶来,他们整齐的脚步声像农机修造厂的气锤咣咣作响。保安们挥舞着警棍,想把围观的人们驱散,人们不散,于是便发生了争执和推拉拖揉。他看着那些前后倒动的腿脚,听着那些嘈杂的声音,心里感到很惭愧。他觉得无论如何也不能在这里坐下去了。

正当他要爬起来时,三个衣服光鲜的人从政府大楼里急匆匆地走了出来。两个文质彬彬的青年在前,一个细皮嫩肉的中年人在后。他们的步伐都有些轻飘,好像逆着大风前进。走到大门附近,两个青年往两边退去,把中年人让到了前面。他们的动作整齐而娴熟,一看就知道久经训练。中年人抬起手挥挥,大声吆喝着把保安斥退,好像一个聪明的家长处理自己的儿子与邻家孩子的打架时,先板起脸把自己的儿子骂退一样。然后,中年人温柔地劝说群众离开。吕小胡挤到前面,对中年人讲述了一番。中年人弯下腰,对他说:

"大伯,马副市长到省里开会去了,我是政府办公室的吴副主任,有什么事您就对我说吧!"

他仰望着吴副主任亲切的脸,嗓子哽得说不出话。吴副主任说:

"大伯,您到我的办公室去吧,慢慢说。"

吴副主任对那两个青年使了个眼色,青年们就走上前来,每人拉住他一条胳膊,将他架了起来。他们架着他向大楼走去,吴副主任拖着他的木拐,跟在后边。

在嗡嗡的空调声里,他喝了一口吴副主任亲自给他倒的热水,哽住的喉咙缓开了。他诉说了自己的痛苦和困难,然后掏出了那一把报销单据。吴副主任说了很多通情达理的话,然后从衣兜里夹出了一张百元的钞票,说:

"丁师傅,单据您先拿回去,等马副市长开会回来,我就把您的情况向他汇报,这是我的一百元钱,您先拿着。"

他拄着拐站起来,说:

"吴主任,您是个好人,我谢您了,"他深深地给吴副主任鞠了一躬,"但是我不能要您的钱!"

四

在后来的日子里,他没有听徒弟的建议到政府门前去继续耍死狗,马副市长也没有派人来找他。老妻絮絮叨叨,嫌他死要面子活受罪,还骂他死猫扶不上树。他将一个茶碗摔在地上,双眼如喷火焰,直盯着她那张枯瘦如柴的脸。她起初还敢跟他对视,但很快就怯了。她低着头,从围裙前的小兜里摸出一个边沿磨得发了白的黑革小钱包,轻轻地放在桌子上,用一种很不负责的口吻说：

"还有九十九元钱，这是我们的全部家当了！"

说完这句话她就躲到厨房里去了，从那里传出了乒乒乓乓的响声。他知道她在砸肉骨头。一会儿工夫她又转回来，用沾满骨头渣子的手掌托着一枚硬币，郑重地说：

"对不起，还有一元，垫在桌子腿下，我差点忘了！"

她将那枚硬币放在钱包旁边，脸上浮起一丝古怪的微笑。他怒目寻找她的眼睛，只要能与她眼睛相对，就可以把压了大半辈子的对她不满的千言万语无声地倾吐出来。妻子因为不能生养，在他面前小了一辈子。但她机警地转了身，使他眼里的怒火只能喷到她弓起的背上。她穿着一件不知从哪里捡来的与她的年龄很不相称的黑底黄花仿绸衬衫，一朵像脸盆般大的黄色葵花图案，在她的驼背上放射着苍老的光芒。他举起拳头，对准了那个肮脏的钱包想砸下去，但他的拳头落到半空里便僵住了。他叹了一口气，收回胳膊，颓唐地坐在凳子上。一个不能挣钱养家的男人没有资格对着老婆发火，古今中外，都是这样。

一个明亮的上午，他扔掉木拐，走出了家门。灿烂的阳光刺得他眼睛生痛，他感到自己就像一个在地洞里生活了多年的老鼠一样畏缩。五颜六色的小轿车在大街上缓缓行驶着，几辆摩托车在轿车的缝隙里钻来钻去，好像无法无天的野兔子。他很想到马路对面去走，但车辆如梭，令他胆战心惊。他恍惚记得前面有一座过街天桥，便沿着刚刚铺了彩色水泥方块的人行道往前走。在这座城市里生活了几十年，他发现自己的胆量还不如乡下人。一个乡下人骑着像生铁疙瘩一样的载重自行车，拖着烤地瓜的汽油桶，热气腾腾地横穿马路，连豪华轿车也不得不给他让道。两个乡下人背着锯子提着斧子，在大街上吹着口哨胡溜达，那个穿灯芯绒外套的小个子，还满不在乎地抡起斧头砍了路边的法桐一斧。他的心中一颤，好像那斧头砍在了自己身上。路边的法桐树下，每隔几步就有一个小贩，热情地向他打着招呼。他们和她们贩卖的东西五花八门，大到家电小到纽扣，形形色色，无所不有。有一个生着三角眼的黑汉子，蹲在树下，嘴里叼着一根烟卷儿，手里牵着两头肥滚滚的小猪。

"大爷，买头小猪吗？"汉子热情地说，"这是真正的'约克夏'，优良品种，特通人性，特讲卫生，比养狗养猫强多了。现在在人家西方国家，已经不兴养狗养猫了，人家那边最时兴的就是养猪。据联合国研究，地球上的动物，智商最高的，除了人，就是猪。猪能认字儿，还会画画儿，如果你有耐心，还能教会它唱歌跳舞……"他从怀里摸出半张皱巴巴的报纸，将拴猪的绳子踩到脚下，腾出手，指点着报纸上的字儿，说："大爷，我空口无凭，有报纸为证，您看看，这里印着，爱尔兰一老妇养了一头猪，就像雇了一个小保姆，每天早晨，这头猪帮她取回报纸，然后帮她买回牛奶和面包，然后帮她擦地板、烧开水，这还不奇，有一天老妇心脏病发作，这头聪明的猪跑到急救中心，叫来了急救车，救了老妇一条命……"

卖猪汉子的花言巧语从他的心底召唤出久违了的愉快情绪。他低下头，用亲切的目光注视着那两头小猪。它们被绳子拴住后腿，身体紧紧地靠在一起，很像一对孪生兄弟。它们的毛儿银亮，肚皮上都生着一块黑花。它们粗短的嘴巴是粉红色的，圆圆的眼睛像亮晶晶的黑玻璃球儿。一个扎着冲天小辫子的女孩挪动着肥胖的小短腿子，进入他的眼界，蹲在小猪面前。小猪受了惊吓，猛地向两边分开，嘴巴里发出"汪汪"的像小狗般的叫声。一个容光焕发的少妇紧随着那个小女孩进了他的眼界，伸出两条洁白如玉的胳膊，将小女孩抱了起来。小女孩蹬着腿大哭不止，少妇只好把她放在了地上。小女孩大胆地向小猪靠拢过去，小猪慌忙地又贴在了一起。小女孩对着小猪伸出她的糯米般的嫩手，小猪紧靠在一起，身体颤抖不止。她的小手终于触到了小猪的身体，它们像小狗一样叫着，但没有躲避。女孩抬头望望少妇，"咯咯"地笑响了喉咙。卖猪汉子摇动三寸不烂之舌，把方才讲过的那套话更加丰富多彩地讲述一遍。少妇面带着迷人的微笑，看着卖猪的汉子。她穿着一件橘红色的长裙，好像一根熊熊燃烧的火把。她的裙子开胸很低，弯腰时那对丰满的白乳隐约可见。他的目光不由自主地往那里望过去，望过之后感到内心羞愧，好像犯下了严重错误。他发现那卖猪汉子的眼光也盯着那里看。少妇还是想把女孩抱走，但女孩的大哭一次次地粉碎了她的企图。他看到少妇脖子上挂着一根沉甸甸的金链子，手腕上戴着两只碧绿的玉镯。他还嗅到了从她的身体上散发出的一股浓浓的香气，比厂长招待他喝过的茉莉花茶还要香，比厂长的女秘书身上的香气还要香，香得他的头微微眩晕。卖猪汉子发现了谁是他的最可能的买主，唾沫横飞地向那小女孩宣传养猪的好处，并且强硬地把小猪向那女孩眼前推，小猪吱吱乱叫，不愿到女孩眼前去。后来，他一边用手轮番搔着两个小猪的肚皮，一边用甜蜜的口吻对那个小女孩说：

"来，小妹妹，摸摸这两个可爱的小宝贝。"

小猪在他的抓挠下平静下来，它们愉快地哼哼着，目光迷离，身体悠悠晃晃，终于软在了地上。女孩大胆地揪揪小猪的耳朵，戳戳小猪的肚皮，小猪哼哼不止，幸福得快要睡过去了。

少妇仿佛下了决心，提起女孩便走，但女孩的激烈的号哭使她无法前进。她只好把女孩放下。女孩的脚一着地，就摇摇摆摆地扑回到小猪面前，嘴里的哭声随即终止。卖猪汉子嘴角上浮起狡猾的笑容，展开了他的又一轮游说。少妇问道：

"多少钱一头？"

汉子哽了一下，坚定地说：

"卖给别人，每头三百；卖给您吗，两头五百！"

少妇说：

"能不能便宜点？"

汉子道：

"大姐，您可看明白了，这是两头什么猪！这不是两头一般的猪，这是两头纯种的'约克霞'！别说是两头活猪，您到大商场去看看，买一只玩具小猪，也要二百元！我家要不是儿子结婚腾房子，别说五百元，就是给我五千元,也不会卖!"

少妇甜甜地一笑,道:

"别吹了,再吹就成了麒麟了!"

"它们基本上就是麒麟!"

"我可没带钱。"

"没问题,我送货上门!"

起初那汉子想牵着小猪走,但它们很不驯服地乱窜。汉子弯腰把它们抱起来,一条胳膊夹住一头。小猪在他的怀里尖叫着。汉子说:

"宝贝,别叫了,你们这一下子掉到了福囤里了,你们马上就会成为地球上最最幸福的猪,过上最最幸福的生活,你们应该笑,不应该叫……"

汉子夹着小猪,跟着少妇拐进了一条胡同。女孩从少妇肩上探出头,对着小猪发出响亮的笑声。

他目送了小猪和人很远,心里充满了惆怅。然后他继续向前走,一直走上了过街天桥。站在天桥上他的脑海里还晃动着那少妇的迷人风采。天桥上同样聚集着摆地摊的小贩,小贩们多数都顶着一张下岗的脸。天桥微微震颤,热风扑面而来。桥下车如流水,沥青路面闪闪发光。他居高临下地看到,自己的徒弟吕小胡穿着一件黄马甲,蹬着三轮车在对面的人行道上急驶。车后座上支着一个白布凉篷,凉篷下坐着一男一女两个贵人。车轮转得飞快,分辨不清辐条,每个车轮都是一个虚幻的银色影子。车上男女的头不时地黏在一起;吕小胡头上汗水淋淋。这个徒弟脾气不好,他想,但却是个技术高超的钳工,好钳工干什么都是好样的。

他下了过街天桥,满怀着希望进了农贸市场。市场的顶上盖着绿色的尼龙遮雨板,使站在漫长的水泥摊位后的小贩们面有菜色。菜的气味、肉的气味、鱼的气味、油炸食品的气味混合在一起扑面而来,嘈杂的叫卖声也是扑面而来。他在卖菜的摊位上碰到了同厂的女工王大兰,这个独臂的女人守着一堆黏糊糊的草莓,热情地跟他打招呼:

"丁师傅,好久不见了啊丁师傅!"

他停住脚步,接着就在王大兰周围认出了三个同厂的工友。他们都对着他笑。他们都指着眼前的东西让他吃。

"丁师傅,吃草莓!"

"丁师傅,吃西红柿!"

"丁师傅,吃胡萝卜!"

……

他原本想打听一下买卖情况,但看了他们的脸,就感到什么也不必问了。是的，生活很艰苦，但只要肯出力，放下架子，日子还能够过下去。但自己这把年龄，跟年轻人一起来练菜摊显然是不合适了，跟徒弟去拉三轮更不合适，贩卖小猪的事儿自己也干不了，这活儿倒不重，但需要一张能把死人说活的好嘴，而他老丁嘴笨言少，在农机厂里是出了名的。他有些失望，但还没有绝望，出来探探行情，寻一个适合自己的活儿，是他此次出行的目的。他不相信在这个庞大的城市里，就找不到一条适合自己的挣钱门路。就在他基本上绝望了时，老天爷指给了他一条生财之道。

那时候已是黄昏，他不知不觉地转到了农机厂后的小山包上。如血的夕阳照耀着山包后的人工湖，水面上流光溢彩。环湖的道路上，有成双成对的男女在悠闲散步。他在农机厂工作几十年，竟然一次也没登上过这个小山包，当然更没到湖边散过步。他这几十年真是以厂为家，那几十张奖状后边是一桶桶的汗水。他把目光转向了自己的工厂，往常里热火朝天的车间孤寂地趴在那里，敲打钢铁的铿锵之声已成昨日之梦，那根冒了几十年黑烟的烟囱不冒烟了，厂区的空地上堆满了不合格的易拉罐和生了锈的收割机，小食堂后边堆满了酒瓶子……工厂死了，没有工人的工厂简直就是墓地。他的眼睛里热辣辣的，心里有点悲愤交加的意思。暮色越来越沉重，丛生着茂盛灌木的山包上阴气上升，一只鸟发出一声怪叫，吓了他一跳。他揉揉酸胀的腿，站起来，往山下走去。

山包下边，与人工湖相距不远，是一片墓地，那里埋葬着三十年前本市武斗时死去的一百多个英雄好汉。墓地周围，生长着郁郁葱葱的绿树，有松树，有柏树，还有数十棵高入云霄的白杨。他走到墓地时，腿痛逼他坐在了一块水泥墩子上。白杨树上有一窝乌鸦，还有一窝喜鹊。乌鸦噪叫不止，喜鹊无声地盘旋。他揉着腿，他揉着腿看到在白杨树下那片平整的地面上，弃着一辆公共汽车的外壳。车轮不存在了，车窗上的玻璃也不存在了，车上的油漆也基本上剥蚀净尽。他想不明白是什么人为什么把这个车壳子弄到这里来。职业的习惯使他想到，这东西可以改造成一间房屋。这时他看到，一男一女，从墓地里鬼鬼祟祟地钻出来，像两个不真实的影子，闪进了红锈斑斑的公车壳里。他的呼吸莫名地紧张起来。一个老丁想赶快离开这里，另一个老丁却恋恋不舍。在两个老丁斗争正烈时，一阵柔美动听的呻吟声从公车壳子里传出来。后来又传出女人压抑不住的一声尖叫，与闹猫的叫声有点相似，但又有明显的区别。老丁看不到自己的脸，但他感到自己的耳朵滚烫，连鼻孔里喷出的气都灼热如火。公车壳里窸窸窣窣地响了一阵，男人从里边闪出来。过了几分钟，女人也从里边闪出来。他屏住呼吸，好像藏在草丛里的小贼。直到在墓地外的树林里响起了那男人颇为雄壮的咳嗽声，他才慢慢地站起来。

想离开的老丁和好奇的老丁又斗争起来，斗着斗着，他的脚把他带进了公车壳内。车内一团昏暗，一股潮湿的铁锈味冲鼻，地上凌乱地扔着一些灰白的东西，他用脚踢了一下，判断出那是手纸。

一个粗哑的声音在喊叫：

"师傅——丁师傅——你在哪里——？"

是徒弟吕小胡在喊叫。

他悄悄地往前走了一段，稳定了一下自己的情绪，然后接着徒弟的喊叫回答：

"别喊了，我在这里！"

五

吕小胡蹬着三轮，气喘吁吁地说：

"师娘快要急死了，说你出门时眼光不对头，生怕你一时糊涂寻了短见。我说师傅保证不会寻短见，师傅那么聪明的人怎么能寻短见呢？我说我知道师傅在那里，果然您就在这里。师傅，工厂已经这样了就去他娘的吧，饿不死土里的蚯蚓就饿不死咱们工人阶级……"

他坐在三轮车上，看着徒弟左右摇晃的背，听着徒弟的胡言乱语，嘴里一声不吭，心里充满了异样的感觉。他感到有股热乎乎的力量在体内奔涌，下岗以来的灰暗心情一扫而光，心境像雨后的天空一样明朗。车子驶进繁华街道后，五彩缤纷的霓虹灯更让他愉快无比。路边有很多烧烤摊子，浓烟滚滚，香气扑鼻。突然一声喊叫：环保局的来了！那些摊主拖着摊车，一路烟火，飞快地逃进了小巷。他们的逃跑是那样训练有素，毫不拖泥带水，就像鱼从水面上沉到水底一样，顷刻之间便消逝得无影无踪。徒弟说：

"看到了吧，师傅，鸡有鸡道，狗有狗道，下岗之后，各有高招！"

车子路过一家公厕时，他伸出手拍拍徒弟的肩头，说：

"停一下。"

他向白瓷砖贴面、琉璃瓦盖顶的公厕走去。一个端坐在玻璃框子里的小伙子用屈起的手指敲敲玻璃，提示他看看玻璃上喷着的红漆大字：

收费厕所　每次一元

他摸摸口袋，口袋里空无一文。吕小胡走过来，将二元钱塞进玻璃下端的半月形小洞里，然后说：

"师傅跟我来。"

他感到一阵羞愧涌上心头，不是羞愧自己身无分文，而是羞愧自己竟然不知道厕所还要收费。跟着徒弟进了灯火辉煌的厕所，一阵污浊的香气熏得他脑袋发胀。地面上的瓷砖亮得能照清人影，他走得扭扭捏捏还差点跌了一跤。师徒二人并排着站在小便器前，双眼盯着被冲激得团团旋转的除臭球儿，谁也不看谁。在哗哗的水声里，他幽幽地说：

"厕所怎么也收费？"

"师傅，您好像刚从火星上下来的，现在还有不收费的东西吗？"徒弟耸动着肩膀说，"不过收费也有收费的好处，如果不收费，咱们这些下等人只怕在梦里也用不上这样高级的厕所呢！"

徒弟带着他洗了手，放在暖风干手器下吹干，然后走出公厕。

坐在车上，他反复搓着被干手器吹得格外润滑的糙手，感慨地说：

"小胡，师傅跟着你撒了一泡高级尿。"

"师傅，您这叫幽默！"

"我欠你一元钱，明天还你。"

"师傅，您越来越幽默！"

临近家门时，他说：

"停车。"

"就差几步了，拉到家门吧！"

"不，我有事跟你商量。"

"师傅您说。"

"男人不能挣钱养家，就像女人不能生孩子，人前抬不起头来！"

"师傅说得对。"

"所以我准备出来做点事儿。"

"我看可以。"

"但满大街都是下岗工人，还有那么多民工，能做的事好像都有人在做了。"

"这也是实际情况。"

"小胡，天无绝人之路，对不对？"

"师傅，这是圣人的语录，肯定是真理！"

"师傅今天发现了一条生财之道，不知道该不该做……"

"师傅，只要不是杀人放火，拦路抢劫，我看没有什么事不可以做的。"

"但这事儿……好像有点犯罪……"

"师傅，您别吓唬我，徒弟我胆儿小……"

当他把构想向吕小胡一一说明后，吕小胡兴奋地说：

"师傅，这样的好点子也只有您这样的天才才能想得出来，难怪您五十年代就造出了双轮双铧犁。您这算犯什么罪？如果您这算犯罪，那么……师傅，您这是情侣休闲屋！不但文明，而且积德！说得难听点吧，您这也算建了个……收费厕所吧。放开胆子干吧，师傅，明天我就叫上几个师兄帮您去收拾！"

"这事儿就你知道，不要叫别人。"

"我听您的，师傅。"

"对你师娘也别说。"

"放心，师傅。"

六

他坐在墓地与人工湖之间的稀疏林子里，背靠着一棵白杨。一条隐约可见的小路从他的眼前蜿蜒爬上山冈。他的目光不时地穿过疏林，投射到墓地前面。他只能看到他的小屋的一角，但他的心里却有小屋的全貌。

前几天他与吕小胡回了一趟农机厂，叫开大门，凭着几十年的老面子，在厂里搜罗了一车铁皮、铆钉、废钢板什么的。师徒俩用了两天时间，将破烂不堪的公车壳子大修大补一番，他们把破了玻璃的窗户全部铆上了铁皮，还用一块沉重的铁板做了个内外都可上锁的铁门。修整好车壳之后，吕小胡搞来一桶绿漆一桶黄漆，横一道竖一道一顿好抹，将破车壳子涂得活像一辆在亚热带丛林作过战的装甲运兵车。师徒俩退后几步，嗅着油漆的清香，内心洋溢着欣喜。吕小胡说：

"师傅，成了！"

"成了！"

"是不是弄挂鞭炮放放？"

"你算了吧！"

"等油漆干了就可以开张了。"

"小胡，要是有人来找麻烦怎么办？"

"师傅放心，我表弟是公安局的。"

开业那天他激动得彻夜难眠，老婆也因为激动而不停地打嗝。凌晨四点他们就起了床，老婆一边给他准备

早饭和午饭,一边追问他找了个什么工作。他厌烦地说:

"不是跟你说过了吗?去给郊区一家农民企业当顾问!"

老婆打着嗝说:

"我听着你跟小胡嘀嘀咕咕的,不像是去当什么顾问嘛!这把子年纪了,你可别去干歪门邪道!"

他恼怒地说:

"大清早的你能不能说点吉利话儿?不相信你就跟着我!让那些农民企业家看看你的尊容!"

老婆让他的话给镇唬住了,不再啰唆。

他坐在树下,看到有很多老人在人工湖边晨练,有的遛鸟,有的散步,有的打太极拳,有的练气功,有的吊嗓子。看着这些幸福的老人,他心里很不好受;如果有个一男半女,即便下了岗,也不至于大清早的就来到这里蹲着,就像传说中的那个守株待兔的傻瓜。人工湖上笼罩着一层乳白色的雾,东边的天上出现了一抹红霞。吊嗓子老人的吼叫声震荡山林:

"嗷嗬——嗷嗬——"

他的心里泛起一丝悲凉之情,好似微风吹过湖面,水上皱起波纹。但这丝悲凉很快就过去了,即将开始的崭新生活就像那个买小猪的女人一样让他浮想联翩，没有工夫伤感。日出前那半个时辰里，树林里的鸟噪叫不止，空气里仿佛掺进了薄荷油，清凉润肺，令他精神抖擞。他很快就发现早晨到这里来等客是个错误，早晨青年人不出来，中年人也不出来，早晨出来的都是老年人，老年人围着湖边活动不到墓地这边来，老年人即便到墓地来也不会成为他的顾客。也好，他宽慰自己，我这也算是晨练了，呼吸了几十年车间里的污浊空气，现在也轮到我呼吸新鲜空气了。他提着马扎子在树林和墓地里漫步，很快就熟悉了周围的环境。丢弃在树林与墓地间的避孕工具增强了他对自己谋财之道的信心。

中午时有几对身穿游泳衣的青年男女披着大毛巾从湖边走来，看样子有点像找地方野合的鸳鸯。但他们从他面前经过时，他却张口结舌，那些由吕小胡创作、自己反复背诵了许多遍的广告词儿一个字儿也吐不出来。他听到那些男女们在密林中发出的基本相似但各有特色的呻唤之声，就好像看到几张本来属于自己的钞票被大风刮走一样，懊丧之情充斥心间。

当天晚上，他去了徒弟家，把白天的困窘对他诉说。吕小胡笑道：

"师傅，您都下岗了还有什么不好意思？"

他搔着头皮说：

"小胡，你也知道，师傅是个七级工，跟钢铁打了一辈子交道，想不到到了晚年，竟然落到了这步田地……"

"师傅，我说句难听的，您还是不饿，什么时候您饿了，就会知道，面子与肚子比起来，肚子更重要！"

"道理我自然明白，但我就是张不开那个口……"

"也不怪您，"徒弟笑着说，"师傅，您毕竟是七级工，这样吧，师傅，我有一个办法……"

第二天中午，他背着一块木板，来到了第一天看好了的最佳拉客地点。这里是上山和进入墓地的必由之路，地形隐秘且视野开阔。他坐在白杨树斑驳的阴影里，可以清楚地看到在湖中游泳的人们。鸟儿不知躲到什么地方去了，只有蝉在树上狂叫不止，一阵阵清凉的蝉尿像小雨似的落到他的身上。

终于，一对男女沿着湖边的小路走过来了。他远远看到，女的穿着天蓝色的三点式泳衣，洁白的皮肤在斑驳的树影下闪闪发光。男的穿着一条黑色弹力裤衩，胸膛和大腿上生着茂密的黑毛。他们戳七弄八、嘻笑打闹着走近了，越来越近了，他犯罪般地看到了女人露出了半边的乳房和肚皮上那块铜钱般的青痣；他厌恶地看到那男人腆起的肚皮和那一窝山药蛋般的器官。当他们距离自己三步远时，他果断地将扣在地上的木板高高地举了起来。木板遮住了他的脸，他的脸在木板后像被火烧烤着一样。木板上的红字对着那两个男女。他看到女人修长的腿和男人毛茸茸的腿停住了。他听到男人大声地念着木板上的字：

"'林间休闲小屋，环境幽静安全，每钟收费十元，免费汽水两瓶。'"

他听到女人咯咯地笑起来。

"嘿，老头子，你的小屋在哪里？"男人大大咧咧地问。

他将木板往下落了落，露出了半张脸，结结巴巴地说：

"那边，在那边……"

"去看看？"男人笑眯眯地看着女人，说，"我还真有点渴了！"

女人的眼睛多情地歪曲着，说：

"渴死你才好！"

男人对着女人诡秘地笑笑，转脸对他说：

"带我们去看看，老头子！"

他激动不安地站起来，提着马扎子，夹着木板，带领着他们穿过墓地，来到了公车壳子前面。

"这就是你的休闲小屋？"男人说，"简直是个铁棺材！"

他开了那把黄铜大锁，将沉重的铁门拉开。

男人弯着腰钻进去，大声地说：

"嘿，平儿，你别说，这里边还挺他妈的凉快！"

女的斜眼看看老丁，脸皮有些微红，然后她也探头探脑地钻了进去。

男的探出头来，说：

"里边太黑了！啥都看不见！"

他摸出一个塑料打火机递给男人，说：

"小桌上有蜡烛。"

蜡烛亮了起来，照亮了车内的情景。他看到在金黄的烛光里，那个女人仰起脸来往嘴里灌汽水，她的湿漉漉的长发像马尾般垂下来，几乎遮住了她翘翘的屁股。

男子走出车壳，转着圈观察了周围的环境，悄悄地问：

"老头，你保证这里没人来吗？"

"里边有锁，"他说，"我保证。"

男子说："我们想在这里睡个午觉，不许任何人打扰！"

他点点头。

男人进了车壳。

他听到里边传出锁门的声音。

他躲在离车壳十几米远的一丛紫穗槐下,手里托着一块老式的铁壳怀表,好像一个恪尽职守的教练。车内起初没有动静,十分钟后,他听到了女人的喊叫声。由于车壳密封很好,女人的声音仿佛是从地底下传上来的。他的心情不平静,女人的那身白肉在他的脑海里晃动不止。他拍着自己的腿,低声嘟哝着:

"老东西,你就别想这种事啦!"

但女人的白花花的肌肤粘在他的脑海里,挥之不去;那个买小猪的少妇明媚的笑脸和露出半边的乳房也赶来凑起了热闹。

五十分钟后,铁门开了。穿戴整齐的女人首先从车壳内钻出来。她的脸红扑扑的,眼睛晶晶发亮,宛如一只刚下过蛋的母鸡。她把脸歪向一边,仿佛没看见他似的,斜刺里朝墓地走去。男人也钻了出来,胳膊弯子上搭着毛巾,手里提着半瓶汽水。他迎着男人走过去,羞怯地说:

"五十分钟……"

"五十分钟多少钱?"

"您看着给吧……"

男人从衣兜里摸出一张面额五十的钞票，递到他的手上。接钱时他的手颤抖不止，心怦怦乱跳。他说：

"我没有零钱找您……"

"算了，"男人潇洒地说，"明天我们还来！"

他紧紧地攥住钞票，感到自己快要哭出来了。

"老头子，你可真行啊！"男人将汽水瓶子扔在地上，压低嗓音说，"你应该弄些保险套子放在里边，还应该弄些香烟啤酒什么的，加倍收钱嘛！"

他深深地给男人鞠了一躬。

七

他接受了那个男人的建议，在休闲小屋里放上了男女欢爱所需要的一切东西，还放上了啤酒、饮料、鱼片、话梅等小食品。第一次去药店买避孕套子时，他羞得连头也不敢抬，话也说不清楚，惹得那个卖货的年轻姑娘大发脾气。当他拿着套子像贼一样溜走时，听到那姑娘在背后大声地对她的同事说：

"嘿，真看不出来，这把子年纪了，还用这个……"

随着生意的日渐红火，他的胆量越来越大，业务也

越来越熟练。去药店买套子时他的脸不红了,而且还敢跟卖货的姑娘讨价还价。那姑娘厚颜无耻地问:

"老头,你如果不是个老色鬼就是个贩避孕套的。"

"我既是老色鬼,也贩卖避孕套。"他盯着姑娘那双猩红的厚唇,调皮地说。

在夏天的三个月里,他净赚了四千八百元。随着腰包渐鼓,他的心情越来越开朗,身体越来越好,生了锈的关节仿佛刚刚膏了油,原先几乎转不动的眼珠子也活泛了。耳濡目染之下,他的熄灭多年的性趣竟然死灰复燃,拉着老妻做成了多次。老妻惊讶万分,反复盘问:"老东西,你吃了什么药?老东西,你不要命啦?"

现在他每天上午十点半钟骑车前来,来到后首先打扫小屋内的卫生,把那些东西装进塑料袋,还不忘记在袋上打两个结。他模范地遵守社会公德,从来不把装了秽物的塑料袋子乱扔,而是带到城里,小心翼翼地放在垃圾桶里。打扫完了卫生他就往小屋里补充一些食品和饮料以及其他。然后,他就锁上铁门,提着马扎子,找个地方坐下,摸出一支烟点燃,美滋滋地抽着,等候他的客人。他抽烟的档次也有所提高,过去他一直抽不带过滤嘴的"金城",现在他抽带过滤嘴的"飞燕"。过去他不敢看他的客人,现在他专注地研究客人。随着经验的积累，他基本上能够判断出什么样的男女能够成为林间小屋的客人。他的客人大多是寻欢作乐的野鸳鸯，偶尔也有好奇的夫妻和恋爱着的情侣。他还有了十几对回头客，对回头客他在价格上给予优惠，一般的是打八折，有时候收半价。有的客人饶舌，干完了事后还跟他瞎贫；有的客人很羞涩，交了钱转身就走。他用耳朵积累了男女性生活方面的许多经验，听着小屋里的男女们发出的千变万化的声音，他的脑海里也依声展现出千奇百怪的形态，真好像打开了一扇窗户，看到了无边的风景。有一对看似衰弱的男女把车壳子撞得咣咣作响，好像里边关着的不是一对造爱的男女，而是两头交配的大象。有一对男女在车壳里先是狂呼乱叫，然后便打起架来，啤酒瓶子把车壳子砸得乒乓作响，但也只能由着人家砸，这种时候进去劝架那可是自找霉气。出来时，男人头破血流，女人头发凌乱。他很同情他们，甚至想免了他们的房租，但想不到那个男人却出奇地大方，将一张百元大票扔在地上，掉头就走。他追上去找零，却被那男人转回头来啐了一脸唾沫。那男人眉毛稀疏，眼窝深陷，面相凶恶，对着他一瞪眼，吓得他诺诺而退。

　　秋天到了，白杨的叶子首先凋落，松柏的针叶也颜色变暗。人工湖里游泳的人越来越稀，他的客人也越来越少，但每天总是能接待几对，星期天或是节假日更多一些。闲着也是闲着，小钱也是钱，大钱都是小钱积累而成。这期间他感冒过一次，但他带病坚持工作。感冒了他也不舍得买药吃，只是让老妻熬了一锅姜汤，咕嘟嘟连灌三碗，蒙住头发一身透汗，偏方治大病。他想趁着还不算太老，应该把养老的钱挣出来，下岗补贴时发时停，没个准头，政府也很难，教师的工资经常拖欠，干部工资依靠贷款，必须开展自救运动，就像水灾过后抢种小油菜一样。有时候他的心里也忐忑不安，不知道自己是在造孽还是在积德。有一天夜里竟然梦到两个公安来抓人，吓得他浑身冷汗，醒来后心脏狂跳。他把徒弟吕小胡请到一个安静的小酒馆里喝了一次酒，对他说出了自己心中的不安。小胡说：

"师傅，您怎么又犯起糊涂来了？难道没有你的小屋他们就不干了吗？没有你的小屋他们也干，他们在树棵子里干，在墓地里干，现在的年轻人提倡回归自然，时兴野合呢，当然咱也不能说人家不好，这就是人。我早就说过，您就权当在风景地里修了个公共厕所，收点费，天经地义，理直气壮。师傅，您比那些造假酒卖假药的高尚多了，千万别不好意思，千万别跟自己过不去。爹亲娘亲不如钱亲，没了钱，爹也不亲娘也不亲，老婆也不拿着当人。师傅您大胆地干吧，真出了事，徒弟保证帮你搞掂！"

他想想，徒弟说的似乎无懈可击，是啊，这样的事儿当然圣人不为，但天下有一个圣人就足够了，圣人多了也麻烦，丁十口不想做圣人，想做也做不了。他想，丁十口，你这也是为政府分忧呢，当了林间小屋的屋主算不上光彩事，但总比到政府大门前去耍死狗强吧？想到此他不由得开颜而笑，吓了在一旁剥花生的老妻一跳，她说：

"老东西，你怎么无缘无故地笑？你知道这样的笑法有多么吓人吗？"

"吓人吗？"

"吓人。"

"我今天要好好地吓吓你……"

"老东西，你想干什么？"老妻攥着一把花生皮往后倒退着。窗外电闪雷鸣，大雨如注，清凉的水气钻进房屋，使屋子里的气氛显得暧昧而温暖，他一步步往前逼着，把身上的衣服剥下来往后扔去，老妻往后退缩着，脸皮发红，暗淡的眼睛里发出了明亮的光彩，简直像小姑娘一样，她退到墙角，无路可退，把手里的花生皮扬到他的脸上，嘴里嘟哝着："老东西，越老越不正经了……大白天的……你想干什么……雷公电母看着呢……"他猛地搂住了她的腰，用力往后折着，老妻大声喊叫着："老东西……轻点……你把我的腰折断了……"

为了防备万一，他把挣来的钱用假名存了银行，存折塞到一条墙缝里，外边糊上了两层白纸。

立冬之后，大风降温，连续三天没有客人。中午他骑车去了林间小屋，满地的枯叶上沾着的白霜还没融化。太阳黄黄的，基本上没有温暖。他在树下坐了一会儿，感到冻手冻脚。人工湖畔静寂无声，只有一个脖子上糊着纱布的男人在围着湖不停地转圈子，那是一个正与癌症顽强斗争的病人，本市的抗癌明星，电视台曾报道过他的事迹。电视台到湖边来录像那天把他吓得够呛，为了安全，他爬到了一棵大树上，像鸟似的在树杈上蹲了两个多小时。后来还来过一帮检查山林防火的人，也把他吓了个半死。他趴在树棵子后边，惴惴不安地等待着。那帮人一个跟着一个从森林小屋边经过，竟然全无反应，好像小屋是天然就在这里的。只有一个胖子，转到小屋后边，撒了一泡焦黄的尿。他隔着老远就嗅到了尿臊味。他心里想：领导上火了。胖子看起来也是一大把年龄了，但撒起尿来还是童趣盎然，他挺着肚子，用尿液在铁皮小屋上画圈，一个圈，两个圈，三个圈，第四个圈还没封口就断了水。胖子撒完了尿，用手敲了敲糊窗的铁皮，让铁皮发出一声巨响，然后一边系着裤扣子一边摇摇摆摆地跑着去追赶同伙。除此之外他再也没受到过别的惊吓。树下太冷，他挪到车壳里去坐了一会儿，抽了一支烟，小心地掐灭烟蒂。然后他闭上眼睛粗算了一下半年来的收入，感到心满意足。他决定明天再来等待一天，如果还没有客人，后天就停业，明年春暖花开后接着干。只要能让他干五年，就可以安度晚年了。

第二天，他一大早就骑车来了。一夜阴风把更多的树叶子吹下来，白杨树几乎成了光秃秃的枝条，几棵混生在松林中的橡树，满树金黄枯叶，但并不脱落，在阴风中哗哗作响，看起来好像满树蝴蝶。他带来了一条蛇皮袋子，还有一根顶端带铁尖的木棍。他把林间小屋周围很大范围内的垃圾捡了一遍。他捡垃圾不是为了赚钱，而是为了报德。他感到社会对自己太好了。他捡了结结实实一袋子垃圾，封好口，搬到自行车后货架上。然后他就进了小屋，准备把屋子里的东西收拾一下。一只乌鸦在小屋外大叫一声，使他的心神一颤，他抬头看到，有一对男女，沿着那条灰白的小路，从农机厂背后那个馒头状的小山包上,对着他的林间小屋走来了。

八

那对中年男女出现在小屋门前时,时间是中午十二点半。男子个头很高,穿着一件灰色的风衣,双手插在风衣口袋里。风把他的黑色的裤子吹得往前飘,显出了他的腿肚子的形状。女人的个头也不矮,他用下了几十年铁料的眼力,估计出她的高度在一米七十左右,上下浮动不会超过两厘米。她上穿着一件紫红色的羽绒服,下穿着一条浅蓝色的牛仔裤,脚上蹬着一双白色的羊皮鞋。两个人都没戴帽子,风把他们的头发吹得凌乱不堪,女人不时地抬起一只手,将遮住脸面的头发捋到脑后去。他们在临近小屋时,下意识地拉开了的距离反而泄露了他们之间的关系。他知道这是一对情人,而且多半是历史悠久的情人。当他看清了那男人冷漠痛苦的脸和那女人怨妇般的眼神时,就像刚刚阅读完毕了他们的感情档案一样,对他们的事儿已经了如指掌。

他准备做这笔关门前的买卖,不是为了赚钱,而是出于对他们深深的同情。

那男人站在小屋前,与他搭着话儿,女人背对小门站着，双手插在羽绒服口袋里，用一只脚踢着地上的枯叶。

"天气真冷，"男人说，"天气说冷突然就冷了，这很不正常。"

"电视说是从西伯利亚过来的寒流。"他说着，想起了自家那台早该淘汰的黑白电视机。

"这就是那间著名的情侣小屋吗？"男人说，"听说是公安局长的岳父开的？"

他笑着，含义模糊地摇摇头。

"其实，"男人说，"我们只想找个地方聊聊天……"

他会意地笑笑，提着马扎子，头也不回地向那丛紫穗槐走去。

一线阳光从灰云中射出来，照耀得树林一片辉煌，白杨树干上像挂上了一层锡箔，闪烁着神奇的光彩。他背靠着紫穗槐柔软的枝条，感到遒劲的东北风吹得脊背冰凉如铁。男人弯着腰钻进了小屋，女人站在铁门一侧，低垂着头，仿佛在想什么心事。男人从小屋里钻出来，站在女人背后，低声说着什么。女人保持着方才的姿势不变。男人伸出一只手，轻轻地拽拽女人的衣角，女人身体扭动着，动作幼稚，好像一个发脾气的小女孩。男人的一只手按在女人的肩膀上，女人继续扭动身体，但并没有把男人的手从肩上摆开。男人的手扳着女人的肩，将她的身体扭转过来，女人做出不驯服的样子，但到底还是与男人面对着面了。男人双手按着女人的肩，对着女人的头顶说话。最后，男人将女人拥进了小屋。他躲在紫穗槐丛后无声地笑了。铁门轻轻地关上了，他听到了轻悄悄的锁门声。然后铁壳小屋就成了寒林中一件死物，清冷的、时隐时现的阳光照着它，泛起一些短促浑浊的光芒。褐色的麻雀蹲在屋顶上拉屎、蹦跳、喳喳噪叫。庞大臃肿的灰云在空中匆忙奔驰，树林中滑动着它们的暗影。他看了一眼怀表，时间是午后一点，他估计他们不会在小屋里呆得太久，有一个小时足矣。他原想赶回家吃午饭，没想到来了两个不速之客。肚子里有点饿，身上很凉，但客人不出来，他就只能等着。反正是按钟点收租金，没有权力撵人家，有的男女在小铁屋里要呆三个小时呢。在往常的日子里，巴不得他们待在里边睡上十个八个小时，但今日寒风刺骨，腹内饥饿，所以就盼望着他们赶快完了事出来。他在面前的地上用木棍儿撅了一个坑，然后点上了一支烟。他把烟灰小心翼翼地弹在小坑里，生怕引起山林火灾。

他坐在紫穗槐前等待了大约半个小时光景，从小屋里传出了女人细微的几乎听不清楚的抽泣声。一缕风吹过来，树枝摇摆，唰唰作响，抽泣声便被淹没；风一停，抽泣声就传进他的耳朵。他为他们叹息，这样的情侣就应该是这个样子，他们的爱情很古典很悲伤，就像盐水缸里的腌黄瓜，只有苦咸，没有甜蜜。现在的年轻人可不这样，他们进了小屋就争分夺秒，干得热火朝天。他们放肆地喊叫、呻吟，有的还脏话连篇，连树上的鸟儿都羞得面红耳赤。同是干一种事儿，气氛却有天壤之别。他通过谛听男女腻声，了解了人们观念的变化。他的内心里，还是喜欢这样哭哭啼啼的爱情，这才像戏嘛！他听着他们的哭泣想象着他们的故事，肯定是感伤的故事，是个爱情悲剧，因为这样那样的原因，有情人没成眷属。很可能是天南海北两离分，这次是千里迢迢来幽会。从这个角度上看，他想，我这就是积德嘛！

  他胡思乱想着，时间过去了一个小时。他站起来，活动了一下僵硬的腿脚，搓搓冻木了的耳朵，准备着收摊儿了。他决定还是要收他们一点钱，回城的路上到兰州拉面馆里吃碗热乎乎的牛肉面，否则心里不平衡。想到牛肉面他的肚子就咕咕地叫唤起来，牙巴骨也得得打战。既是饿的，也是冻的。这个季节不应该这样子冷法，这样冷法不正常，活见鬼，去年的三九时节也没有这个冷法。小屋里寂静无声，女人的抽泣声听不到了，铁屋子安静得像座坟墓。一只乌鸦叼着一节肠子，从远处飞来，落在了白杨树上的巢里。

时间又过去一个小时，小屋里还是死一般的寂静。阴云密布，树林中已经有了些黄昏景象。他心中暗暗嘀咕：这是怎么回事？不至于有这样大的劲头吧？难道他们在里边睡着了？这是绝对不可能的。里边只有一块床板，床板上铺着一条草席，没有被子也没有褥子，外边冷还偶有一线阳光，里边一插门，那就是真正的冷如冰窖。但他们又能在里边干什么呢？他终于忍不住了，走到小屋门前故意地大声咳嗽，提醒他们赶快出来。里边毫无反应，难道他们像封神榜里的土行孙地遁而去？不可能，那是神魔小说哩。难道他们像西游记里的孙猴子变成了蚊子从气窗里飞走？不可能，那也是神魔小说哩！难道他们……一幅灰白的可怕景象突然出现在他的脑海里，他的手和腿都不由自主地颤抖起来。老天爷，千万别出这种事，要是出了这种事，断了财路不说，只怕还要进班房！他顾不上别的了，举起手，轻轻地拍门：

啪啪啪。

用力地打门：

嘭嘭嘭!

狠命地砸门:

咣咣咣!咣咣咣!

一边狠命地砸门一边大喊:

咣咣咣!嗨!该出来了!咣咣咣!你们在里边干什么!

他的手虎口震裂了,渗出了细小的血珠儿。但屋子里还是无声无息,一时间竟然使他怀疑自己的记性,难道真有一对那样的男女进了铁壳小屋?

女人苍白的瓜子脸儿马上栩栩如生地浮现在他的脑海里:她的脸上有两只忧郁的大眼睛,眼球漆黑,有些鬼气。她的下巴尖尖的,嘴角上有一颗绿豆粒般大小的黑痣,痣上还生着一根弯曲的黑毛儿。男人的形象也同样历历在目:竖起的风衣领子遮住他的双腮,鼻子很高,下巴发青,眉毛很浓,双目阴沉,门牙旁边镶着一颗金色假牙……

毫无疑问,千真万确,大约三个小时前,有一对忧伤的中年男女,进了这个用公车铁壳改造成的林间小屋,但他们现在一声不吭。他知道,最可怕的事情已经发生了,坏运气就像一桶臭大粪,劈头盖脸地浇下来了。他双腿一软,瘫在铁屋子的铁门前……

过了大约抽支香烟的工夫，他扶着铁门站起来，围着铁屋转着圈子，手拍得铁壳子啪啪作响，他苦苦地哀求着，愤怒地骂着：

"好人啊，你们醒醒吧，你们出来吧，我把一个夏天里挣来的钱全部给你们行不行？我给你们下跪叩头行不行？……杂种啊，畜生，你们欺负一个老头子难道不怕天打五雷轰吗？你们这两个奸贼，偷鸡摸狗的婊子、嫖客，你们不得好死……我叫你亲爹行不行？叫你亲娘行不行？亲爹亲娘亲老祖宗，求你们发发善心出来吧，我是个六十岁的下岗工人，家里还有一个生胃病的老伴，混到这一步已经够惨了，你们可不能给我雪上加霜了，你们想死也不能死在我的小屋里啊，你们可以到树上去上吊，可以到湖边去跳水，可以到铁道上去卧轨，你们想死在哪里也能死，为什么偏偏到我的小屋里来？我看你们都是有头有脸的人，不是个局长也是个处长，为这点事儿值得死吗？你们这样死去可是轻如鸿毛啊，不值的，连你们这样的人都想死，那我们这些下等人可咋活？局长，处长，你们想开点吧，你们跟我们比比嘛，出来吧，出来吧……"

任他把嗓子喊哑，铁壳小屋里还是寂静无声，暮归的乌鸦们围着高高的白杨树梢呱呱大叫，团团旋转，好像一团黑云。他找来一块巨大的卵石,双手搬起,向铁门砸了过去。咣啷一声巨响,卵石碎成两半,但铁门完好如初。他仄起肩膀,向铁壳子撞去,铁壳子岿然不动,他却被反弹出三米多远,一屁股蹾在了地上。他感到肩膀疼痛难忍,胳膊抬举不便,好像把锁子骨撞断了……

九

他骑着沉重的自行车仿佛梦游般地冲下山包,他没有踩车闸,他想就这样摔死了更好,北风迎面吹来,衣服鼓胀,肚子冰凉,耳朵边呼呼作响,仿佛腾云驾雾,车后座上的垃圾袋子开了口,肮脏的纸片和塑料袋子在身后轰然而起,漫天飞舞。环湖路上,连那个抗癌明星的身影也见不到了。一群灰突突的天鹅在湖面上盘旋着,好像在选择地方降落。湖上已经结了一层冰,冰上落满黄土。他麻木地骑车进了城。街灯已经点燃,不时有玻璃破碎的声音令人胆战心惊地响起。一辆没有鸣笛的警车转动着红绿灯油油地滑过来,吓得他差点从自行车上栽下去。

他懵懵懂懂地来到了徒弟吕小胡的门前,刚要抬手敲门就看到门板上贴着一张画儿,画上画着一个怒目向人的男孩。他转身想逃,看到徒弟提着一只光鸡从楼道里走上来。楼梯间昏暗的灯光照着死鸡惨白的疙瘩皮,使他身上的老皮顿时变得像鸡皮一样。他的腿软了,骨折过的地方像被锥子猛刺了一下子,痛得他一腚坐在了楼梯上。吕小胡猛一怔,急问:

"师傅,您怎么在这儿?"

他像个受了天大委屈、突然见到了爸爸的小男孩似的,嘴唇打着哆嗦,眼泪滚滚而出。

"怎么啦师傅?"徒弟快步上前,把他拉起来,"出了什么事啦?"

他双膝一软,跪在了徒弟家门口,泣不成声地说:

"小胡,大事不好了……"

小胡慌忙开门,把他拉起来拖到屋子里,安排他坐在沙发上。

"师傅,发生了什么事?是不是师娘死了?"

"不,"他有气无力地说,"比你师娘死去糟糕一千倍……"

"到底发生了什么事?"小胡焦急地问,"师傅,你快要把我急死了!"

"小胡,"他擦了一把眼泪,抽泣着说,"师傅闯了大祸了……"

"快说呀,啥事?!"

"中午进去了一男一女,现在还没出来……"

"没出来就多收钱呗,"小胡松了一口气,说,"这不是好事吗?"

"啥好事,他们在里边死了……"

"死了?"小胡吃了一惊,手里提着的暖瓶差点掉在地上,"是怎么死的?"

"我也不知道怎么死的……"

"你看到他们死了?"

"我没看到他们死了……"

"你没看到他们死了,怎么知道他们死了?"

"他们肯定是死了……他们进去了三个小时,起初那个女的还哭哭啼啼,后来一点声音也没有了……"他让徒弟看着自己敲破了的手,说,"我砸门,敲窗,喊叫,把手都砸破了,车壳子里一点声音也没有,一丝丝声音也没有……"

小胡放下暖瓶,坐在沙发对面的木凳子上,从口袋里摸出烟盒,抽出一支,点燃,垂着头抽了一口,抬起头,说:"师傅,您别着急。"他的双手在大腿上紧张地摸索着,满怀希望地望着徒弟的脸。小胡抽出一支烟递给他并帮他点燃,说:"也许他们在里边睡着了,人们干完了这事,容易犯困……"

"别给我吃宽心丸了,"他悲哀地说,"好徒弟,我的手指都快敲断了,嗓子都喊哑了,即便是死人也让我震醒了,可是里边一点动静也没有……"

"他们会不会趁你不注意的时候悄悄溜了?这是完全可能的,师傅,为了不交钱,人们什么样的怪招都能想出来的。"

他摇摇头,说:

"不可能,绝不可能,铁门从里边锁着呢,再说,我一直盯着呢,别说是两个大活人,就是两个耗子从里边钻出来,我也能看见……"

"您说起耗子,我倒想起来了,"小胡道,"他们很可能挖了条地道跑了。"

"好徒弟,"他哭咧咧地说,"别说这些没用的了,赶快帮师傅想想办法吧,师傅求你了!"

小胡低下头抽烟,额头上蹙起了很多皱纹。他目不转睛地盯着徒弟的脸,等待着徒弟拿主意。小胡抬起头,说:

"师傅,我看这事就去他娘的吧,反正您也挣了点钱,明年开了春,我们再另想个挣钱的辙儿!"

"好小胡，两条人命呢……"

"两条人命也不是咱害的，他们想死我们有什么办法？"徒弟愤愤地说，"这是两个什么样的鸟人？"

"看样子像两个有文化的人，或许是两个干部。"

"那就更甭去管他们了，这样的人，肯定都是搞婚外恋的，死了也不会有人同情！"

"可是，"他啜嚅着，"只怕师傅脱不了干系，雪里埋不住死尸，公安局不用费劲就把师傅查出来了……"

"您的意思呢？难道您还想去报案？"

"小胡，我反复想了，丑媳妇免不了见公婆……"

"您真想去报案？！"

"也许，还能把他们救活……"

"师傅，您这不是惹火烧身吗？！"

"好徒弟，你不是有个表弟在公安局工作吗？你带我去投案吧……"

"师傅！"

"徒弟，师傅求你了，让你那个表弟帮帮忙吧，如果就这样撒手不管，师傅后半辈子就别想睡觉了……"

"师傅，"小胡郑重地说，"您想过后果没有？您干这件事，原本就不那么光明正大，随便找条法律就可以判您两年，即便不判您，也得罚款，那些人罚起款来狠着呢，只怕您这一个夏天加一个秋天挣这点钱全交了也不够。"

"我认了，"他痛苦地说，"这些钱我不要了，师傅即便去讨口吃，也不干这种事了。"

"万一他们要判你呐？"徒弟说。

"你跟表弟求求情，"他垂着头，有气无力地说，"实在要判，师傅就弄包耗子药吞了算了……"

"师傅啊师傅！"小胡道，"徒弟当初是吹牛给您壮胆呢，我哪里有什么表弟在公安局？"

他木了几分钟，长叹一声，哆嗦着站起来，将手里的烟头小心翼翼地揿灭在烟灰缸里，看一眼歪着头望墙的徒弟，说：

"那就不麻烦您了……"

他一瘸一拐地朝门口走去。

"师傅，您去哪里？"

他回头看看徒弟，说：

"小胡，你我师徒一场，我走之后，你师娘那边，如果能顾得上，就去看看她，如果顾不上，就算了……"

他伸手拉开了门，楼道里的冷风迎面吹来。他打了一个哆嗦，手扶着落满尘土的楼梯栏杆，向黑暗的楼道走去。

"师傅,你等我一下,"他回头看到,徒弟站在门口,屋子里泄出的灯光照得他的脸像涂了一层金粉,他听到徒弟说,"我带你去找我表弟。"

十

他们在被北风吹得嘎嘎作响的电话亭里给表弟家打了一个电话,表弟家的人说表弟正在派出所值班。徒弟高兴地说:

"好极了师傅,知道我为什么不愿带您去找他?您不知道他那个老婆有多么势利,我这样的穷亲戚到了他家,她鼻子不是鼻子脸不是脸,狗眼看人低的东西,真让人受不了。咱们人穷志不穷,您说对不对?"

他感动地说:

"小胡,师傅让你犯难了。"

"但我表弟还是挺不错的,就是有点怕婆子,"小胡像唱歌似的说,"怕婆子,骑骡子啊!"

他们在一家商店里买了两条中华牌香烟,他急着往外掏钱,徒弟把他拨到一边,说:

"师傅,算了吧,您的钱肯定不够的。"

徒弟付了钱，昂贵的烟价让他的心一阵阵揪痛，但他还是咬着牙说：

"小胡，这个算我的。"

"您就先别管这事了！"

他们进了派出所。他下意识地扯着徒弟的衣角，身上冷得打战，手心里却全是汗水。值班的两个民警中有一个正是徒弟的表弟。那是个细眯着小眼、脖子很长的青年人。他拿着笔，一边听着他们的诉说，一边往本子写着字。

"就这事？"表弟用笔尖戳着本子，有些厌烦地问。

"就这事……"

"想象力很丰富嘛，"表弟斜眼看着他，冷冷地说，"发了大财了吧？"

他张口结舌，无言以对。

"表弟，劳您大驾去帮丁师傅处理处理吧……如果那两个人吃的是安眠药，没准还能救过来……"徒弟将装了两条中华牌香烟的塑料袋放在表弟面前，满面堆笑地说，"丁师傅是我的恩师，省级劳模，跟于副省长合过影的，临近退休了遭遇下岗，万般无奈才想了这么个饭辙……"

"如果他们吃的是耗子药呢？"表弟看看手表，站起来，对正在墙角玩电脑的民警说，"小孙，我去人工湖那边处理个自杀案件，你一个人在这里盯着吧！"

表弟去了一趟厕所，收拾了随身所带物品，从车库里推出一辆三轮摩托，载上他与徒弟，开出了派出所院子。

正是晚饭时刻，感觉却像深夜。可能是天气寒冷的缘故，宽广的大路上车辆稀少。摩托车亮着警灯，鸣着警笛，在大街上像箭一般飞驰。他双手紧紧地抓住车斗上冰凉的把手，心脏仿佛提到了嗓子眼里，张口就能吐出来。

摩托很快出了城，道路的质量下降，但表弟好像要向他们炫耀车技似的，一点也不减车速，于是摩托车就成了一匹发疯的马驹。他的身体在车斗里不由自主地上蹿下跳，尾骨被蹾得针扎般疼痛。

摩托拐上了人工湖边的水泥路，不得不减缓了速度，因为这条路上有许多凹下去的窟窿和凸起的瘤子。表弟大幅度地扭动着车把，也难以免除摩托的颠簸，有一次差丁点就要翻个三轮朝天，把发动机都憋死了。表弟大声骂着：

"他娘的，腐败路，刚修了不到一年，就成了这操行！"

他和徒弟下了车，跟在后边，帮表弟推着摩托绕来拐去地缓慢前行。到了墓地边缘，他们不得不把车停了下来。四周黑暗如漆，车前的大灯射出的光柱照亮了墓地和树林。表弟冷冷地问：

"在哪里？"

他想回答，但舌头僵直，发出的是一串呜噜。徒弟抬起手往墓地里指了指，说：

"在那里。"

通往墓地的小路在车灯照耀下清晰可见，但三轮摩托显然是开不进去。表弟熄了摩托的火，从背包里摸出一只装三节二号电池的手电筒，揿亮，照着林间的灰白小路，厌烦地说：

"走吧，前边带路！"

他踊跃地走到前面，下意识里想讨好表弟。他听到徒弟在身后说：

"表弟，这车……"

"怎么啦？怕人偷走？"表弟冷笑着说，"这么冷的天，只有傻×才出来！"

表弟的手电光芒忽而射向林梢，忽而射向坟墓，弄得他脚步踉跄，犹如一匹眼神不济的老马。小路在坟墓间绕来绕去，路上厚厚的枯叶在他们脚下嚓嚓作响。东北风已经停息，空气肃杀，墓地里宁静异常，他们脚踩落叶的声音听起来让人心里发毛。有几点冰凉的东西落在了他的脸上，像雨点又不像雨点。他看到，手电筒的光柱里，有一些银白的颗粒轻飘飘地落下来。他有些兴奋地说：

"下雪啦！"

表弟不满地纠正了他：

"不是雪，是冰霰！"

徒弟说：

"表弟，你怎么什么都知道呢？"

表弟轻蔑地哼了一声，道：

"你们认为警察都是些傻瓜？"

徒弟笑着说：

"怎么敢？警察里也许有傻瓜，但表弟您绝不是傻瓜，我听姑妈说过，您五岁时就能认识二百多个字呢！"

表弟的手电筒照到了高高的白杨树梢，惊动了巢里的乌鸦，它们呱呱地大叫着，有两匹乌鸦从巢里飞出来，在手电筒的光柱里扑棱着翅膀，一匹撞在了树干上，一匹钻进了旁边的喜鹊窝里，在那里引发了一场混战。表弟收回电光，低声嘟哝着：

"给你们这些鸟货一梭子！"

他们来到了车壳小屋前，在电光的笼罩下，小屋像一个沉睡的巨兽。被惊动了的乌鸦和喜鹊各归其巢，林间恢复了宁静。冰霰越来越密集，暗夜里一片窸窣之声，仿佛有无数的春蚕在啃吃桑叶。表弟用手电照住了小屋，问：

"在这里边？"

他感到徒弟在黑暗中看着自己，便慌忙回答：

"是这里边……"

"真他娘的会找地方！"

表弟攥着手电筒走到门前，轻轻地踢了一脚，铁门竟然应声而开。电光射进了小屋，他的眼睛跟着电光移动着，就像清点财物一样，他看到了平放在地上的那块床板、床板上的草席、席上那卷粗糙的手纸、"墙"角上那张瘸一条腿的木桌、木桌上的两瓶啤酒和三瓶汽水、啤酒和汽水瓶子上的灰尘、紧靠着啤酒瓶子的两根躺着的红蜡烛和半根立着的红蜡烛、桌面上的肮脏蜡油、木桌下边那个用来盛小便的红色塑料桶、"墙"上不知是谁用粉笔画上的淫秽图画。光柱在那夸张的图画上停了一会儿，然后又在室内扫了一遍。表弟转过身，

用手电照着他的脸,恼怒地问:

"丁师傅,你什么意思啊?!"

电光刺得他的眼睛睁不开,他举起一只手遮住眼睛,结结巴巴地辩白着:

"我没说谎,对天发誓我没有说谎……"

表弟阴阳怪气地说:

"有遛骡子的有遛马的,没想到还有遛警察的!"

表弟举着手电,大踏步地往回走了。徒弟不满地说:

"师傅,您又幽了一默!"

他将身体往徒弟身边靠了靠,压低了嗓门说:

"小胡,我明白了,那是两个鬼魂……"

说完了这话,他感到脊背发冷,头皮发紧,心里却感到轻松无比。徒弟更加不满地说:

"师傅,您越来越幽默了!"

(一九九九年)

图书在版编目(CIP)数据

你的行为使我们恐惧/莫言著.—杭州：浙江文艺出版社，2020.5

ISBN 978-7-5339-5971-5

Ⅰ.①你… Ⅱ.①莫… Ⅲ.①中篇小说-小说集-中国-当代 Ⅳ.①I247.5

中国版本图书馆CIP数据核字(2020)第004350号

策划统筹	曹元勇
责任编辑	王丽荣
文字编辑	伍华星
封面设计	人马艺术设计·储平
责任印制	吴春娟

你的行为使我们恐惧
莫言 著

出版	浙江文艺出版社
地址	杭州市体育场路347号　邮编：310006
网址	www.zjwycbs.cn
经销	浙江省新华书店集团有限公司
印刷	上海中华商务联合印刷有限公司
开本	787毫米×1092毫米　1/32
字数	140千字
印张	8.5
插页	4
版次	2020年5月第1版
印次	2020年5月第1次印刷
书号	ISBN 978-7-5339-5971-5
定价	46.00元

版权所有　侵权必究
(如有印、装质量问题,请寄承印单位调换)